U0463172

eye

守望者

——

到灯塔去

万物交响

驴子、随笔与喧嚣

The Everybody Ensemble
Donkeys, Essays, and Other Pandemoniums

［美］艾米·里奇（Amy Leach）著

徐楠 译

南京大学出版社

江苏省版权局著作权合同登记　图字:10-2022-287 号

图书在版编目(CIP)数据

万物交响:驴子、随笔与喧嚣 /（美）艾米·里奇
著；徐楠译. —南京：南京大学出版社，2023.9
书名原文：The Everybody Ensemble：Donkeys，
Essays，and Other Pandemoniums
　　ISBN 978-7-305-27158-8

　　Ⅰ.①万… Ⅱ.①艾…②徐… Ⅲ.①随笔-作品集
-美国-现代 Ⅳ.①I712.65

　　中国国家版本馆 CIP 数据核字(2023)第 133127 号

出版发行　南京大学出版社
社　　址　南京市汉口路22号　　　邮　编 210093
出 版 人　王文军
书　　名　万物交响:驴子、随笔与喧嚣
著　　者　[美]艾米·里奇
译　　者　徐　楠
责任编辑　章昕颖
照　　排　南京紫藤制版印务中心
印　　刷　江苏凤凰通达印刷有限公司
开　　本　787 mm×1092 mm　1/32　印张 7.5　字数 120 千
版　　次　2023 年 9 月第 1 版　2023 年 9 月第 1 次印刷
ISBN 978-7-305-27158-8
定　　价　68.00 元

网　　址　http://www.njupco.com
官方微博　http://weibo.com/njupco
官方微信　njupress
销售咨询　025-83594756

献给我的父母

你且问走兽，走兽必指教你。又问空中的飞鸟，飞鸟必告诉你。或与地说话，地必指教你。海中的鱼也必向你说明。

——《圣经·约伯记》

蔑视他们，嘲弄他们；嘲弄他们，蔑视他们：思想是自由的。[1]

——威廉·莎士比亚

---

1 出自《暴风雨》（*The Tempest*）。（书中脚注如无特殊说明，皆为译注。）

目　录

万物交响

　　欢迎来到"万物交响"！很高兴今晚您能出席我们的音乐会。我们所选的地点是赞比西河[1]汇入印度洋的位置，因此所有水生、半水生、陆地动物都可以参与其中。股瓣鳖[2]无须远行，但我们知道许多同人都花费了数月甚至数年，从本地治里[3]或格兰皮恩山脉[4]，从泥泞沼泽、穷乡僻壤、陋室寒舍跋涉而来，由衷感谢各位不辞辛苦。对于鸟类而言，这趟旅途似乎是最轻松的，可他们也无法撇下自己的蛋。我们能看到几只猫头鹰仍在赶来，绕过泥坑滚动着自己的蛋，每隔几码便停下来坐在上面保持温度。

　　在等待他们的过程中，让我们先来谈谈如何安排各位。

1　Zambezi River，非洲南部大河。
2　flapshell turtle，分布在亚非热带地区。
3　Puducherry，印度城市。
4　Grampian Mountains，位于苏格兰中北部。

传统合唱团的魔力数字是"四"，对应人声四个音域的四大声部——女高音、女低音、男高音、男低音。但"四"的魔力到了我们这里也会失效：无法涵盖海豚、油鸥、犀牛等歌手，还有那些仅仅只会嗡嗡嗡的动物。

因此，数以百万亿的大家，请随心所欲，各得其所吧！一旦数量超过一，那么彼此便有可能是同种，也可能是异类。你们可以通过臭味浓淡、打不打喷嚏、笨拙程度、有无斑点——鳞斑小冠雉[1]与纯色小冠雉、荷斯坦牛与娟姗牛均以此区分——来自我分类。先按偏差分类，再进一步按次级偏差分类，也可以有一个声部完全是另一个声部的翻版。还可以设立一个秘密声部——我们不确定你们是谁，但我们注意到了你们的存在，即便你们被身前所持的枝叶、蒲苇、伞菌所遮挡。

我们也会安排两至三岁的人类作为替补声部，这类生

1　就像嚎叫核歌手一样，小冠雉很难不引起人们的注意。你有见过谁四处乱逛说自己找不到小冠雉吗？我是闻所未闻。——原注〔嚎叫核（screamo）是一种摇滚音乐风格，以吼叫的噪音为特点；小冠雉英文名为 chachalaca，是一种生活在美洲热带的鸟类，也叫恰恰拉卡鸟。〕

乌林鸮 、横斑林鸮、大雕鸮、雪鸮，路易斯·阿加西斯·富尔特斯
（Louis Agassiz Fuertes）绘

物的表现总是缺乏理智，仿佛闪耀的星光就能要了他们的命。替补歌手会在今晚的节目中频繁出场，毕竟大部分音乐演出都可能遇到突发情况。这支蹒跚学步的小分队不会演唱悲哀低沉、逆来顺受的歌曲。而在生命另一端，那些非常渴求时间的替补歌手也可以加入进来。除此之外，我们还将开辟新生歌手声部，比如破壳而出的小猫头鹰；或是潜力歌手声部，比如没入水中的鳄鱼。

还有一个声部是为自认为先驱者——像历史上所有那些人物或动物一样——的生物[1]设置的。先驱者的歌声饱含预兆，或者像是过时之人吟唱回忆。比如年迈的考拉仍然记得森林变为城郊前的样子；又或是分秒"币"争地活在当下：毕竟货币才是永恒的流行。[2] 不过，无论您觉得自己有多么前沿，别忘了这里的每一分子都共处同一时代，也没有什么是亘古不变的。

如果您还未被发现，说明您在数百万尚未被发现的物种中隐藏得很好。塔巴努里红猩猩直到去年才真

---

1 绝种动物是失败的先驱者。——原注
2 此处也是利用 current/currency（当下；货币；流行）一词多义设计的文字游戏。

正被认可。[1] 至于那些不确定自己是否存在的物种可以跟着死亡蠕虫[2]一起歌唱。如果认为自身尚未进化完全，可以加入亚伯拉罕、摩西与大卫[3]的行列；或被完成体声部吸引，与发条玩具和黏菌的单细胞成分为伍。如果您最终选择了完成体声部，那么您的保留曲目则需要删减，因为完美只能在微缩中实现。无论如何，音乐都是犯错的绝佳形式，因为音乐中的失误就如同大雪中的失误。[4] 并且，不完美会让人更有希望，而有希望才能成为更好的歌手。

诸如嘲鸫这样的千曲歌者则自组一个声部，南非的白腹灰蕉鹃这种单曲歌手另组一个，毕竟英文名为 go-away-bird 的他们只会唱"Go away, go away!"仅仅会唱一首歌就像冰激凌车一样身份明确。如果冰激凌车加入我们的交响乐，那么不是大家一遍又一遍地齐声演奏《稻草中的火鸡》[5]，就

---

1 塔巴努里红猩猩最初于 1997 年被发现，2017 年被确立为独立新物种，原文应写作于 2018 年。

2 Mongolian death worm，蒙古高原传说中的神秘生物，是一只巨大毒虫，据说它居住在戈壁滩里。

3 均为古希伯来人的祖先或领袖。

4 与塑料制品的失误不同，雪是更宽容的材料。——原注

5 "Turkey in the Straw"，美国最古老的民歌之一。

是冰激凌车在其余曲目中保持安静，直到最后的大合奏《稻草中的火鸡》。通过这一首歌曲，冰激凌车只能说明一件事——死亡没有逼近好人威廉，女孩也没有恳求爱人只记住她的美好。[1] 当然，相比之下，更为多才多艺的音乐家没有供应巧克力冰激凌卷的功能。

很遗憾，今日没有颁奖环节。如果您是来这里歌颂金钱的，那么应谨记金钱是许多动物的痛点。事实上我们并不能想起什么令人难以忘怀的美元之歌。啊，还有一点必须事先声明，此处禁止以彼此为食物。音乐的重要基础是音乐家之间不会互相吞噬、剔骨、肢解。放弃此类嗜好，或许能获得另一种享受。例如西班牙有肋蝾螈，请不要再将肋骨刺穿自己的皮肤毒害邻里；毯鲨，停止伏击你的海洋同胞；人类，请放下枪支，拿起卡祖笛。

非暴力是我们选择音乐的理由之一，也因为它能够打破冷漠、谩骂与疲惫。想必刚刚经历了长途跋涉的各位都已深刻体会什么是劳累，更不用说平日的筑坝、织网、挖

---

1 两个典故分别化用了两首创作于 17 世纪的挽歌歌词，即民谣《芭芭拉·艾伦》（"Barbara Allen"）和咏叹调《当我被埋葬》["When I Am Laid in Earth"，出自亨利·珀塞尔（Henry Purcell，1659—1695）所作歌剧《狄多与埃涅阿斯》（*Dido and Aeneas*）]，以突出冰激凌车歌曲的欢乐特质。

洞、洗碗工作了。在那些筋疲力尽的日子里，我们只能构想出枯燥乏味的哲学。所以，就让我们听一首能够抵制这种哲学的歌曲！——由墨西哥鹪鹩独唱，甜美如冰镇薄荷酒。在她演唱的同时，我们可以想想为什么许多存在能够包含如此多的存在，甚至一种存在就能包含许多存在。小小的一只鹪鹩可以用她银铃般的歌声填满整个峡谷。[1] 渺小从不是音乐家的阻碍，重力也不是。您是渺小的音乐家吗？不必担心！您是重力控制下的音乐家吗？没有问题！

即便渺小如墨西哥鹪鹩也有着受重力影响的身体，但声音例外，对豚鼠来说也是如此。虽然豚鼠看上去有些笨重沉闷，但他们唱起歌来像是旋风般呼啸而过。有时候我们人类会将这种高昂的歌声带离这个世界，远飞至另一个世界。[2] 我们不确定对你们动物而言是否存在另一个世界，不过在你们实际生存的星球上，似乎还有许多你们实际体验过的湿地、石窟、西蒙风[3]值得歌颂。

如果你唱的歌曲源于自身体验，那么无论如何都会是

---

1 墨西哥鹪鹩的英文名为 canyon wren，canyon 为峡谷之意。
2 指的是豚鼠常被用作实验动物，包括参与太空飞行。
3 会把你和你的骆驼都烤焦的干热沙漠风。我曾经住过一间地下室公寓，供暖设施仿佛无沙版的西蒙风。冰冷的公寓只有暖气炉从天花板大方孔里喷出的热气，把我和我的骆驼都烘干了。——原注

有趣的，因为体验不同于分类学或人口学。人口学总是要求我们背诵讲稿似的演唱歌曲，但每次尝试——我们都尽力尝试了——的结果都是猛地打起哈欠，以至于最后发出的声音也与大声打哈欠无异。许多婴儿会在同一个社会阶层出生——某个三月的早晨佛罗里达州奥兰多某间医院的某楼层，但他们长大之后不会仰望同一片星空，也不会进行同样的思考。他们的想法或许比他们所能看见的星辰更加多样。

总之，如果是我们来决定各位要唱什么歌曲，大概率会出现问题，比如让青蛙歌颂毛球。即便是知情人士——知道青蛙身上不会起毛球，倒是会感染影响皮肤呼吸能力的壶菌——制定的曲目可能也并不适合青蛙。如果青蛙越来越不被理解，世界上的青蛙也越来越少的话，他们应当唱些悲伤孤寂的歌曲。不过也许他们并不想这样——尽管时世多艰，仍然能找到做一只青蛙的乐趣。

所以，听大家的，唱你们自己的歌曲！菌类蓝调或是蝌蚪变奏曲。还可以唱唱你是如何照顾十四只哼哼唧唧的猪崽，如何将那些条纹甜菜通通拖进花园底下的地道，如何失去生命之树，如何和蜜蜂伙伴一起打着寒战取暖度过整个冬天，如何一辈子被关在笼子里与一只暴躁仓鼠共处，如何与其他海豚一同在库里欧湾[1]惊险冲浪。

当然，如果说有什么是我们共享的经历的话——比如阳光普照——那便是我们都存在于这个世界上。除了蒙古死亡蠕虫（也不一定），我们每一位都侥幸登上了存在之船，而有相当一部分乘客未能赶上。对不起了朋友。事实上，错过这艘船的朋友远远多于船上的我们，每当想起这一点，便觉得活着反而才是意外事件。这种想法使我们从无尽的声部分割回归至无限的齐声合鸣——所有动物都是异类，所有鸭子都很古怪。[2]

那么现在，所有异类都去水里游几圈，或在雨中冲洗干净，让太阳晒干自己的毛发、皮刺、鳞片、缠结、羽翼、外套，放松一下，准备好在一小时后重新集合。音乐是无法被召集出来的——它不是被驯化的灵魂，而是恣意如风。

---

1 Curio Bay，位于新西兰南部。

2 你可能在高中时期见过"几只古怪的鸭子"，他们会混在正常的"鸭子"中间。这个说法如果真用在鸭子身上就有问题，因为所有鸭子都很古怪。——原注（英文 odd duck 在俗语中有古怪之人的意思，作者所说的高中时期的古怪鸭子，也应指古怪的高中同学。）

风不会吹来毕业文凭，只可能掀翻你的学位帽。我们将竭尽所能地歌唱，唱一整晚，直到所有人的眼睛闪闪发光。就算是个笨蛋，在唱歌时也会变得极其可爱。唱吧，你们这些美丽的傻瓜、小人、呆子、蠢货。

唱首歌吧，蝇霸鹟；吱吱叫吧，蜜熊；大声笑吧，笑翠鸟——尽情展示！每一位都像是班卓琴，每一位都有自己的音域——最高音、最低音，以及两者之间的范围。某些生物的音域或许较为狭窄，但即便只掌握三四个音符仍可大有所为。而当所有音域加在一起，百万亿甚至是让人数不清有多少个零的数量级——每当听到"百万亿"这个单位，我们的头都要被吓掉了。百万亿个音域的结合会形成无限无法运转的音域。因此，在漫天星辰下彻夜吟唱各种重复旋律、即兴小调之后，正如我们共享的那颗恒星即将升起，我们也将聚齐所有的声音，献唱共同的终曲。

飞蛾可以从轻柔的前奏开始，接着擅长韵律的鸟类加入进来，棕榈凤头鹦鹉用细枝敲击木头，草原松鸡负责发声。然后——齐唱！——灯草鸡唧唧啾啾，火鸡咯咯哒哒，叶蛙鸣叫，老鹰啼啸，海狮嗥吠，婴儿哭闹，麋鹿吼号。蚝蜻——哦对了，整首歌曲都会穿插着蚝蜻的绝妙沉默。

蝴蝶，出自《手绘蝴蝶图集》，夏尔·亨利·德萨利纳·奥尔比尼
（Charles Henry Dessalines d'Orbigny，1806—1876）绘

无论有没有斑点，是否完美进化，靛蓝羽毛、绿色皮肤或是橙色脚趾，面部变形、壳体龟裂或是心脏微小，像鸭崽一样年幼，又或像山脉一样苍老，都请各位发出各式各样甜美、刺耳、砰砰嘣嘣、呼哧呼哧的声音，共同组成一首只有我们才能唱响的丰富之歌。是涉水而来、爱好削木，诸如哀啄木鸟[1]的我们；名叫恩佐、阿亚、旺达或韦恩[2]的我们；身为蛇、驴骡、牦牛、小鹛鹛、澳洲野犬的我们，以及所有原生于地球的我们。

1　这是他们的学名，不是指他们的性情，不过我敢肯定他们确实心态不佳。乐观冷静的哀啄木鸟在嫁给阴郁暴躁的哀啄木鸟之前需要三思。——原注（哀啄木鸟的英文为 melancholy woodpecker。）
2　我认识三位韦恩，都名副其实。我只认识一位旺达，她也名副其实。我不认识叫威尔玛或弗劳思的人。——原注

亚当为动物命名，出自《诺森伯兰郡动物寓言》（拉丁文版），约 1250—1260 年，作者不详

罗伯特·布鲁斯[1]结婚了

我终于搞清楚谁被埋在我位于芝加哥的后院里了。是罗伯特·布鲁斯。我是从葡萄藤看出来的，因为葡萄藤会饮取下方躯体的血液，展现其灵魂，揭示其身份。我们的葡萄藤攀过篱笆，踏着南瓜藤派系，爬上四层高楼，除了罗伯特·布鲁斯，谁还能如此不屈不挠？有时候，这些从伟大的苏格兰人身上长出的藤蔓几乎也要将我统治——到了夏天，我必须全速骑着自行车穿过院子，才能避免被卷须抓住脚踝，绊住车轮。

事实上，我们整个国家似乎都被白亮葡萄、峡谷葡萄、河岸葡萄的藤蔓缠绕，遍地播种着各种激进分子、流氓暴徒、狂热人物的尸体。这些野生葡萄藤没有归属，太阳即

---

1 Robert the Bruce，苏格兰国王，曾领导苏格兰击退英格兰的入侵，取得民族独立。

葡萄藤复古插图,美国国家农业图书馆珍本特藏

是他们的酒商。没有受过教育，也没有监管制度，他们就像无家可归的孩童或未经编辑的书籍。以他们蓬勃的活力看来，就连命运也得为之屈服。我敢说即使命运本人站在那里，这些精力充沛的藤蔓也会呼啸盖过继续生长。

所以我们杯中溢出的，也是毫无"柔天鹅绒"般滋味的酒。如果要压榨我后院里那些小小的蓝色葡萄，我会将之命名为"该死的鱼雷之酒"——与干草相配的坚韧味道。这种酒不适合大富大贵的生活方式，属于小资小调，因此也符合火鸡和臭鼬的口味。

黑皮诺[1]倒不会在我的后院里野蛮生长。这是一种更精致、更挑剔、更法式的葡萄，似乎是从玛菲特小姐[2]的遗骸中发芽的。甜美如玛菲特小姐，是无法熬过芝加哥的冬天的。她会呜咽抽泣，冻得僵硬，散落凋敝。

因此，美国葡萄与法国葡萄分别利用各自的优势——耐久和口感，开展了一系列双向传教活动。十九世纪，部分美国沙地葡萄跨洋指导他们脆弱的表亲抵抗根虱，后来，法国葡萄也派遣代表团前往美国中西部提高野生葡萄的可

1　Pinot Noir，葡萄品种之一。
2　"Little Miss Muffet"是一首起源于十九世纪早期的英国童谣。

口程度。

罗伯特·布鲁斯与玛菲特小姐喜结连理，移居威斯康星州，与豆荚和玉米做起了邻居。"打起精神，玛菲特小姐！我们会一起变得既美味又耐寒！你教我怎么长得好吃，我为你示范如何度过北方的冬天！勇气可不仅仅意味着在六月席卷乡村，它还包括深切的等待——等待漫长的寒冬过去，那颗温暖的星星再次照耀我们。

"到了十月，我们将落叶休眠，还要把水挤出细胞，这样致命的霜冻来临时便不会爆破。我们会发棕变干，体内却不会结冰。无论我们缀上多少冰锥，无论我们覆上多少雪花，体内都绝不能结冰，亲爱的玛菲特小姐——绝不能冻入骨髓。尽管冬天漫长而严酷，我们也不可冰封内心。"他说得没错：冬天的我不必因为担心被覆盖而在院子里冲刺，我可以径直走向这些矫健的攀登者——干枯的棕色枝条被玻璃般的冰层包裹，悬在空中。

然而对于黑皮诺这样的葡萄而言，过冬并不是唯一的问题。这里的冬天太冷，夏天又太热，雨季也多雨。黑皮诺可不喜欢会让她患上穗腐病的潮湿天气。当然还有土质泥土含量过高的问题。反观我的番茄种子一旦被扔到地上，便会长得比我还高，跌落后又会再长起来，循环往复。黑皮诺则习惯于按照更庄重的速度生长，在白垩质、多沙砾、石灰重的土地上积蓄自己的力量。

如果我真想让黑皮诺在院子里茁壮成长，就应该在地下堆放一吨石灰石，再将周围地带倾斜起来，形成一个可排水的斜坡，它还得面朝东边迎接早上的太阳和下午的阴凉。我应该让罗马人在一世纪入侵芝加哥，从那时起就开始种植欧亚种葡萄藤以便性状培育。还要考虑在十二世纪引进熙笃会[1]修士来取悦葡萄藤，并保留他们在祈祷外的时间所做的细致笔记。不过，我显然没有勃艮第人的远见。

野生葡萄的智慧——不可冰封内心——被我奉为真理。但即便是最正确的真理也不是无法辩驳的。如果你仔细聆听，总会发现不同的声音："很抱歉，先生，但我不仅仅是美味可口的品种。我是一无所失的葡萄。[2] 如果我难以生长，产量不佳，体质虚弱，那也是因为我容易受到外界的影响。我不会诅咒鱼雷，因为我不会诅咒任何事物。您的

---

1 Cistercians，罗马天主教修道会，成立于法国勃艮第地区。
2 我曾在一本女性杂志上读到过一位失去了一切的人。虽然她已经六十多岁，却有着光滑无皱的皮肤，令人艳美，只因为在过去的三十五年里，她都处于昏迷状态。——原注

表皮厚实，所以一切事物在您身上都无法停留——霜冻、潮湿、修士、叶蝉、鱼雷、旋风。但我的表皮单薄——我能感受所有——所有的命运。我会冰封内心，是因为我会对一切敞开内心。

"在勃艮第，我脚下的躯体不属于什么可怕的人物，而是几百万年以前游弋在内陆海洋的侏罗纪生物的残骸。我记录了神秘莫测的古老时代，也见证了不可捉摸的新兴事物：我的浆果里铭刻着所有过去的精华。我尝过露水与干旱，也经历过恐怖的二月和太阳的灼伤，还有来自北部凉爽的微风。我会呈现仅仅为人类所假设的存在，也包括尚未被假设的存在。[1]

"事物不会降临到您头上，先生，而是您降临到他们头上。所以您的酒里只有您自己的味道。您的酒是自我之酒。在遇到唯一的问题——冬天时，您会悬在空中，但我有很多很多问题，而我并不擅长高高挂起。在危险、机遇、变动之下，我品味着发生在我身上的一切。您的酒充满着保

---

1 奥尔特云就是一种假设中的存在。我想不到有什么尚未被假设的存在。——原注［奥尔特云（Oort Cloud）是一个在理论上被认为包围着太阳系的球体云团。］

证、确信，我的酒却是偶然——是感知之酒。"

　　葡萄藤就这样回答葡萄藤，如同他对她所说的那样真实。确保之酒价格低廉，体验之酒则极其昂贵。那么在保持敏感的同时又百毒不侵呢！不就是天作之合——真心体会仍毫发无伤，既顽强又清醒，仿佛鸟与石，皮与骨，或是双重心智、加倍无畏、辩证存在的威斯康星葡萄酒。

圣甲虫，出自 16 世纪欧洲古书《了不起的书法古迹》（*Mira Cal-ligraphiae Monumenta*）。拉丁文由乔治·博考斯基（Groge Bocskay）书写，彩色插图由约里斯·霍菲格尔（Joris Hoefnagel）绘制

刺猬的烦扰

　　不被刺猬烦扰的内心是多么贫乏！一般来说，我是很厌恶宣传活动的——大多数宣传行为会让我立刻穿上跑得最快的鞋子——但我完全不介意宣传刺猬。宣传刺猬，就像是宣传蝾螈、白骨顶、骆驼、黑豹、水牛、乌鸫、蝙蝠一样，是有益的事业，据说也是中世纪动物寓言集的主题。人们用插图和文字呈现各种动物，再配上一句说教传达该生物的意义——"你也是如此啊，人类"——然后这些动物就会大张旗鼓地进入你的想象世界，教导他们的幼崽如何跳过深坑，寻觅被称作岩薄荷的药草。

　　因为这类图文集诞生于执着于真实的现代以前，所以往往古怪离奇，罔顾事实。羚羊会用角锯下树木，大熊通过舔舐糨糊状的小熊使之成形，黑豹的鼻息甜美到能够吸引所有动物靠近——除了讨厌甜味空气的龙。鬣狗的眼睛里则有一块特殊的石头，如果你把这块石头放在舌头下面，便可以预见未来。有的动物获得了正面评价，有的却是负面："猴子全身都不雅观，他们的屁股更是难看得过分。"

当老鹰的视力越来越微弱时，"他会飞向天空，甚至飞到太阳的高度，让阳光灼烧他的翅膀，同时也蒸发掉眼中的迷雾"。狮子，"正如其王者的身份，并不屑于拥有三妻四妾"。出生后的三天内，幼狮都处于死亡状态，他们的父亲会吹一口气使之复活。猞猁的尿液可以结晶成一种叫作利古里乌斯的珍贵宝石，但由于"天生的吝啬"，他会用沙子将尿液刮擦干净，所以从未有人见过。大象能活三百年。

中世纪动物寓言集就是如此充满了各式各样古老却新奇的错误信息，这其中最为新奇的莫过于动物的生活方式："他们四处游荡，无拘无束，想去哪里就去哪里。"除此之外，还有新奇的寓意：其中提及的动物通常是某些事物的类比、象征。比如水蛇这个粉红色、滑溜溜的东西，坚定不移地潜入鳄鱼的喉咙，再从对方的胃里钻出。这对双方来说似乎都不大体面，但鳄鱼比喻的是地狱，水蛇指代的是基督。三天后复活的幼狮和独角犀牛也指的是基督。[1]基督极易辨认，亚当、夏娃、撒旦亦然。

不过，动物本身反而没那么容易识别。这毕竟不是真的为动物宣传：鳄鱼远没有鳄鱼的释义重要。仿佛鳄鱼只是其他事物的代号，仿佛只是某个人试图隐秘地传递某种信息，所以想到了水下这个长满鳞片、行动敏捷的灰绿色大家伙。如果鳄鱼是被加密的，那么我们便需要破译它——鳄鱼并不是真的鳄鱼，单峰骆驼也不是真的单峰骆驼，蜣虫更不是真的蜣虫。他们都包含其他含义、别的信息，并由文字构成。语言不是尘世的符号，尘世是语言的符号。如果这出晦涩的默剧最终被解读，飞鸟、走兽、人类都会消失：只剩文字。破译后的世界会像是被擦除人像的西斯廷教堂[2]天花板，被写着"天使""上帝""所罗巴伯"[3] 的卡牌取而代之。

1　分别指耶稣受难后第三日肉身复活和基督教动物象征符号独角兽。
2　Sistine Chapel，梵蒂冈宫的教皇礼拜堂。该堂建于 1480 年，原为教皇（教宗）个人的祈祷所，故有"西斯廷小教堂"之称。
3　Zerubbabel，犹大王国王孙。

鹰（细节），出自某本动物寓言集手抄本，约 1185 年。摩根图书馆与博物馆珍藏

猞猁，1830—1870 年，威廉·冯·赖特（Wilhelm von Wright）绘。
芬兰国家美术馆珍藏

两只狮子（细节），约 1270 年。保罗·盖蒂博物馆珍藏

恺撒·奥古斯都有一套秘密代码，即用字母表里的下一个字母代替原来的字母，因此"a"是"b"，"b"是"c"，"cookie"（饼干）的密码是"dppljf"，"nanny"（保姆）的密码是"obooz"，古老繁华的阿拉伯港口城市"Snodjz Jzmrzr"的密码则是"Topeka Kansas"。鉴于以尘世为密码显然比恺撒的密码更难破译，需要使用比在解码环上移动字母更复杂的方法，你可能有必要请出专业人士为你解读这个世界，比如像教皇那样的人。

当然也存在某些解码环——宣称能够破译尘世的各种理论——但因为这些解码环是由敌对派教皇供应兜售的，所以解码过程有时十分暴力。我曾尝试让河狸在我的脑海中占据一席之地，去动物园（就是在那里，我看着他们睡了一个下午才知道河狸是夜行动物）或者去阿第伦达克山脉[1]看看，再观赏些网络视频。镜头里的河狸在自己的小窝中吱吱叫着，下方的评论者却陷入了愤怒的狂热，每一方都声称这些吱吱叫的宝贝证明了各自有关世界起源的学说。

---

1 Adirondacks，美国纽约州东北部的一处山脉。

阿第伦达克的夜晚，美国国会图书馆珍藏

在评论区的人们眼中，河狸宝宝只不过是可以被用来互相攻击的棕色毛绒物质。我能想象他们在深夜的仓库间约架，旁边堆砌着各种活物，参战人员随手拿起最近的动物，张牙舞爪。不一定是河狸——也可能是犰狳、山猫或蓝色的仙企鹅。你用企鹅打我，那我就用土拨鼠扔你，你用乌龟砸我，我就要用鳗鱼抽你。肢体冲突和意识形态冲突的区别就在于任何动物都适用于意识形态冲突，甚至是尾大不掉的鲸鱼。

　　所以，我们会利用动物证明自己的理论，动物的寓意仍然优先于其本身，我们也一如既往地理解着自己想要理解的事物。如果我们想要理解所有假设都已被河狸幼崽证实，那么这就是我们所能理解的。如果我们想要理解鸡最终会进化为鸡肉派，或者鸡被创造出来是为了成为鸡肉派，那么那也是我们所能理解的。进化后的鸡，被创造出来的鸡，都是鸡肉满满，如果不是为了被我们吃掉，何必长那么多肉呢？似乎动物会在我们的各种观点里迷路，或至少被压扁，但最近的一天早晨，我看到几只还未就寝的河狸在怀俄明州杰克逊镇的一条河里划水，没有迷路，也没被压扁。

两种类型的犰狳与猕猴、椰子树和胡椒植物，1575—1580 年，约里斯·霍菲格尔绘。美国国家美术馆珍藏

总之，我也有想要学习的东西。我向獭獧学习如何躲避诱捕，向蚂蚁学习如何定期清理垃圾，向吵闹的夜猴学习如何打破常规，向鲸鱼学习如何不被控制；向鹦学习如何模仿鹦，向猫头鹰学习如何模仿猫头鹰，向沼泽大尾莺学习如何模仿我所见过的所有鸟类；向穿山甲学习如何模仿松果，向山羊学习如何在群体中获得快乐，向熊猫学习如何在独处时获得快乐，向橙顶灶莺学习如何隐姓埋名——如何像秘密一般存在。

从中世纪的动物身上，我能学到如何随心所欲地四处游荡，如何用甜美的鼻息对抗巨龙，如何比有关自身的智慧存在更久。从如今的河狸身上，我能学到如何在冰冷的怀俄明的河水中游泳，体态丰腴又踏实勤奋，且不为任何人代言。今日的鸡虽不能说是无拘无束，但还是很像鸡的。从他们及所有动物身上，我要学习如何得过且过，不去成为我不必成为的人。

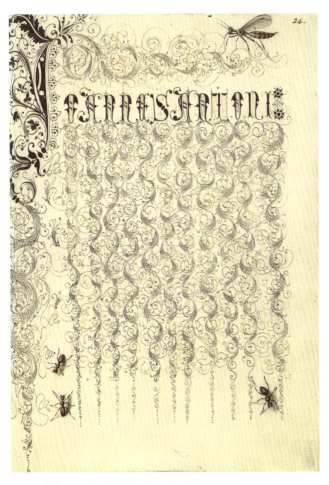

蚂蚁，出自 16 世纪欧洲古书《了不起的书法古迹》

宠物宾斯坦

　　某个夏日的午后，我一边读诗一边想着，这位诗人显然十分厌世——不仅仅是厌恶其中某一部分，比如天文馆或海豚馆，而是厌恶整个世界。随着阅读的深入，我也渐渐被说服：可不是吗，这世界糟糕透顶，请把砒霜递给我。但当我望向窗外，看到后院的树似乎正随着柴迪科舞曲[1]舞蹈，腐臭的真实世界仿佛被这些一扭一摆、闪闪发光的树木掩盖。我看不到树木之外的世界。

　　白杨树就这么在那天下午打断了我的哲学思考，正如活蹦乱跳的小鸟也会打断我的哲学思考，一只毛茸茸的橙色小狗更是能够无数次打断任何人的任何哲学思考。如果没有这些遮掩的树木、小鸟或博美犬，我们便能更清晰地

1　zydeco，美国路易斯安那州的一种黑人舞曲。

认识这个世界。当然，如果你想见识一下未被博美犬遮蔽的世界，可以去黄石公园，在那里他们只能待在停车场或手提包中。[1] 如今的博美犬都是提包犬，尽管最初的他们其实是沼泽犬，保护沼泽地区的人们免受沼泽狼的威胁。

我养了一只博美和一只拉布拉多——一只小型坏狗狗和一只大型好狗狗。[2] 大狗多年来心智成熟，通情达理。小家伙则会攻击一切他不理解的事物，并且他的确不理解任何事物。他所领导的国防部一直过分警觉、极其狂躁，虽然英勇豪迈，但完全不会审时度势。没有沼泽恶魔但依然试图保护我的他，将所有友善的邻居当作敌人，尤其是穿着火红色鞋子的那位女士。有一次，他甚至把我错认成某位邻居，狠狠地攻击了我的脚踝。

如果大多数博美都像是高档玩具店里会看到的昂贵玩

---

1 尽管许多国家公园都禁止博美犬进入，但他们有自己的社团，不是所有动物都设有社团的。不过，博美犬并不隶属于社团。——原注

2 我好奇是否也有好鱿鱼和坏鱿鱼之分。似乎任何领域——诗歌、足疗、奶酪店——都有好人和坏人，好人的事业通常会更成功。但如果是预言这个行当，则恰恰相反。坏的预言家会告诉人们他们希望听到的内容，所以能够拥有华丽新潮的办公室；而好的预言家会被扔进池塘。如果想要寻找好的预言家，可以去池塘里看看，你很可能会看到其中一位正在泥潭中往下沉。——原注

具，制作精良、品质安全，那么宾斯坦一定是玩具店后门垃圾桶里的破烂货，边缘不平整，到处是线头。除非命运要开玩笑，否则他的下一站应当是城市垃圾处理地。拉尔夫·沃尔多·爱默生曾写道："你的美德必须有点锋芒——否则一无是处。"宾斯坦的美德有太多锋芒，以至于爱默生可能会这么说：你的锋芒必须有点美德。

我们试着为宾斯坦设计一些美德程序，但发现他几乎是不可编程的，跟软件完全不是一回事。我们设计的程序甚至有一部分变成了迷信观念。他口渴的时候会绕着水池转圈：因为他学会了转圈以获得零食，所以转圈应该也能打开水龙头，打开门，让餐桌上的奶酪飘向地板上的他。直到去世前，宾斯坦都坚信转圈可以实现愿望。

当我回到家时，他可能会兴奋地咬我，或者以咬袜子取而代之。他会因为喜悦失去理智，也会因为恐惧失去理智，总之非常容易失去理智。与他同睡一张床的人们会告诫彼此："别让床上这只狗咬人。"有客人留宿时，我们会举办一个名叫"喂养野生动物"的活动，宾斯坦被拴在烤箱门上，客人站在厨房对面朝他扔玉米片。某年冬天，两位情绪跌入谷底的朋友入住我们家，如果我

猎人给狗梳理毛发（细节），约 1430—1440 年。保罗·盖蒂博物馆
珍藏

们没有安置好宾斯坦，就会在回到家后看到他们俩站在厨房桌子上或者困在浴室里。（如果你跌入谷底，宾斯坦会跑过来咬你。）

也许他出生在一个树洞中，然后这棵树被雷劈中了；又或许他在某个夏天傍晚小跑路过敞着大门的店面教堂，当时里面正好在举行驱魔仪式。我不应该爱上任何一只寄宿在我家的宠物狗，我也的确没有爱上太多只——百事、艾尔菲、贝利、里格利，还有宾斯坦的姐妹佩妮。佩妮也是博美犬，但她离开的时候，我没有发起什么激进的运动，没有设计口号，制作"宠物佩妮"的海报。

我的"宠物宾斯坦"运动相当成功，除了这只可怕的小毛球没有成为我的宠物，而是做了我的主人以外。如果契诃夫《带小狗的女人》里的小狗是博美，那么小说标题应该改为《带女人的小狗》或者《小狗追好人，女人追小狗》，并且不会发生任何浪漫故事。某个冬日早晨，宾斯坦和我正在芝加哥的街道闲逛，一位女士在冰面上摔倒了，结果他又冲上去咬人。他会对付任何人、瘫坐在冰面上的人、獒犬、得来速收银员、冰激凌餐车。所有一切，除了每年十二月来邻居前院打高尔夫的充气雪人。

宾斯坦不一定要追着什么跑，他甚至可以独自在后院里冲刺，毛发飞舞，没有任何目的（或者他的目标是圣灵，因为我们无法确定圣灵是否存在）。有一次，他在伊利诺伊的一片森林里飞驰而去，直到一小时后才回来，骄傲兴奋地抖个不停，光滑的毛发仿佛被绿色的排泄物涂上了漆。他也能够欣赏美好的事物：在清晨五点醒来，到院子里舐舐草地。露水鉴赏专家们都知道，没有什么能比得上清晨五点的露水了。

游泳则是他的毕生使命，也没有什么具体原因。当大狗拉布拉多在玩完网球后到密歇根湖里划水时，他会在岸边一边尖叫一边转圈。我们曾带他到水温适宜的小河中漂游，他不断在水流中横穿，爱极了两岸的景色。我们搬到山区后，一度希望宾斯坦能就此找到自我。事实证明，他没有找到自我，但找到了喜鹊、鼹鼠、驼鹿和死驼鹿，还因为积雪学会了跳高。正如丹麦让人们学会了买醉，蒙大拿让小狗们学会了跳高。

大部分时间里，这头小野兽会在钢琴底下的红布床上活动。到了晚上，他和拉布拉多共同组成私人钢琴演奏会的唯二观众。安娜贝尔几乎会听完整场演出，她喜欢《月亮河》《爱丽丝梦游仙境》[1] 和《我要做什么》。如果你留意《月亮河》和《我要做什么》的歌词，会发现这两首歌不是写给某个群体、某个阶层或某个物种的。没有人会为某个类别[2]，某个与你一样的个体创作那样一首歌曲。即使是现在，当我看到神气活现的橙色博美时，都会心跳加速；但当我走进，又会意识到眼前这一只是多么温顺。所有我不认识的博美就像我不认识的人类一样——只有远远看着的时候，才能让我的心脏怦怦跳动。

钢琴下的两位听众都很喜欢爱尔兰华尔兹和斯克里亚宾[3]、肖邦的作品，尤其是后者的前奏曲。将肖邦的那些前奏曲称为"前奏"格外有趣，因为后续并没有其他乐章。对于许多人来说，生活更像是库泊兰[4]的前奏曲——真正

---

1 一首并不疯狂但十分忧郁的歌曲，这也是我一想到有小女孩掉入专横权威、条条框框中，并且永远无法爬出来时的感受。——原注

2 如果你正在阅读本文，那么你的类别就是智人。不过，个体远大于其类别。如果说有关人类的科学尚未被完全参透，那么对席德·维瑟斯的探索更是无法穷尽。——原注 [应指朋克乐队性手枪的贝斯手席德·维瑟斯 (Sid Vicious, 1957—1979)，朋克文化中无政府主义、极端暴力、反社会的代表人物。]

3 Alexander Nikolayevitch Scriabin，俄国作曲家。

4 François Couperin，法国作曲家。

124.

如乐符一样的文字，出自 16 世纪欧洲古书《了不起的书法古迹》

的前奏曲，只是在主要的乐章前稍微热身一下。星期一是星期二的前奏，星期二是星期三的前奏，第二天在到来之前永远是更重要的一天。但对于小狗来说，生活是肖邦的前奏曲——没有后续，就如同在院子里没有目的地追逐。

有些颂歌总是会突然变得狂乱，谁知道为什么。安娜贝尔可不是老古板，她喜欢《蓝色波萨》、探戈舞曲和《涉水而行》，其他观众（宾斯坦）似乎也乐在其中。但是每当《进军锡安》响起时，安娜贝尔都会撤退至最远的那间卧室。宾斯坦显然不是那种会留到最后以示礼貌的音乐会爱好者。如果有人吹口哨，他会试图挠掉自己的耳朵。而当颂歌分崩离析，钢琴演奏者开始跺脚，铅笔纸张从轰鸣的钢琴上落下，与其说是进军锡安，不如说是猛地冲入锡安时，他都会闭上眼睛，如痴如醉，仿佛喧嚣并非其灵魂的对立面，仿佛混乱才是他的幸运日。

被迫之地

　　在引介双方时，需要注意他们彼此的社会地位。我们应当首先称呼地位更高的一方，比如"成功的女演员您好，这位是引座员"，或者"猴面蝙蝠，请允许我为您介绍獴"。猴面蝙蝠是斐济特有物种，因此比外来入侵的獴更具资历。逃逸植物[1]则鲜有这种正式引见的场合。一场不大不小的降雨便会让观赏植物逃离自己那一小块地方，只能匆匆忙忙地自我介绍："嗨，我是长春花！"或者："我叫大叶醉鱼草，你呢?"

　　1691 年，逃逸自法国的弗朗索瓦·勒加特[2]向罗德里

1　escaped plant，2019 年公布的植物学名词，指外来植物被引种到新
　　地区后，其繁殖体通过扩散（如遭遇强风、洪水等）脱离了人类
　　培育，形成了稳定野生种群的植物。
2　François Leguat（1638—1735），法国探险家、博物学家。

格斯岛[1]介绍了自己。他在法国有家有室，原本并不想离开故土亲人，但跳脱的思维会迫使身体也跳脱出去。在阅读了法文而非神的语言（拉丁文）版本的《圣经》后，勒加特开始产生非法的思想。所以他和一些名叫让或者雅克的同伴乘护卫舰出海，被印度洋的这座小岛困了两年，"可以说一切都是迫不得已"。

被迫是机遇的反面，意味着不便，对流亡海外的人们来说是日常体验。法国的新教徒航行至巴西，会因为没有皈依而被消灭，更有甚者还未被佛罗里达州消灭便沉入了海底。（当时的人口死亡率很高，人类的信念却永生不朽。）留在法国的也会因为皈依问题被消灭。还有一些人逃入了丛林，可能以煮食松果为生；另一些逃至俄国，他们后代的后代的后代就是法贝热彩蛋[2]的制作者。

无论你的想法合法还是非法，能离开自己的生长环境

1　Rodrigues Island，火山岛。在西印度洋马斯克林群岛东部，距毛里求斯岛560公里，面积110平方公里。为毛里求斯的一部分。首府为马特林港。

2　Fabergé egg，指俄国法裔珠宝首饰工匠卡尔·法贝热（Karl Fabergé，1846—1920）所制作的类似蛋的特色艺术品，下一段所举的彩蛋例子都是法贝热的经典作品。

或许都是有益的，甚至也许能够有益于几代人。因为恶言是具有传染性的，不知不觉中，它就已经从宣传手册波及你的余生，你会烹煮恶言之粥，弹奏恶言钢琴，投下恶言阴影。但当你打开那个红色的珐琅彩蛋，会发现里面并不是恶言，而是一朵淡黄色的玫瑰花蕾；扭动沙皇幽谷百合彩蛋上的珍珠，会弹出三幅微型肖像画；月桂树彩蛋里则会飞出一只唱着歌的绿色小鸟。其他彩蛋都各有各的意外之喜，没有一个包含恶言。恶言从不是意外之喜，或者说连意外都不是。

还有部分胡格诺派[1]教徒逃往了南非、威尔士和新泽西州，他们在那里酿酒、纺织，生下小胡格诺派，并进行了一些有趣的观察。但是胡格诺派能在"没有城市，没有庙宇，没有宫殿，没有奇珍异宝，没有古董遗迹，没有学校，没有图书馆，没有人"的地方观察什么呢？在罗德里格斯岛上，勒加特并非出于本意地与乌龟共度两年，那里没有庙宇，没有图书馆，也无法开展任何对话。谁能比乌龟更惜言？

1　Huguenot，基督教新教加尔文教派在法国的称谓。

不过，任何存在都可以成为观察的对象。尤其是在海上待过一段时间之后，除了水以外的任何事物都可以引起你的注意。勒加特观察到忧郁的鸟类会将头埋入海中，鱼类跃出水面"以避免受到金鱼的迫害"。[1] 他看见圣艾尔摩之火[2]在桅杆周围盘旋，听到四只鸣唱的燕子跟随着船只，还有一次在沿途的岛屿沙滩上休息时，他和同伴曾被"一群蠢驴的刺耳嘶声"叫醒。躺在沙滩上欣赏驴子音乐以躲避改宗不算是逃避现实。

他也观察到了奇珍异宝，只不过不是韫椟而藏的那些。那里有奇异的星辰，奇异的海牛，奇异的红色、绿色、蓝色——在他们流落到的罗德里格斯岛上，他看到了五颜六色的蜥蜴、无忧无虑的乌龟、母鸡一样大的蝙蝠，以及长着翅膀却不准备启程的鸟类。偏远岛屿上的动物没有什么进取心，大多数已与重力和平共处。他们也没有什么叛逆

1　虽然金鱼小姐在钢琴顶上的碗里显得举止端庄，但大海里的金鱼可是非常残酷专制的。你真应该看看他们是怎么对付其他鱼类的。——原注

2　Saint Elmo's fire，古代海员观察到的一种自然现象，即在雷雨中，如船只桅杆顶端之类的尖状物上产生的如火焰般的蓝白色闪光。

性，因为《圣经》从未被翻译成壁虎语或鹦鹉语。（尽管那里也会有小鸟飞在人们身后抢走头上的帽子："那些小鸟仿佛在跟我们愉快地开战，或者准确地说是对我们的帽子开战。他们经常跟在我们身后，趁我们不注意就把帽子从我们头顶叼走。"）

对于落地此处的新教徒而言，一定不习惯哼唱赞美诗不再是一种反叛行为。不再哼唱赞美诗的新教徒还是新教徒吗？不再反叛的新教徒还是新教徒吗？大概只不过是个希望有蔬菜可吃——"我们对球蓟寄予厚望"——有树木可爬的普通人罢了。有一位"会在洪水来临时爬上树休息"，还有一位"总是在唱《诗篇》"。他们以海为浴，与鲨为友；用棕榈树酿酒，也制作帽子和伞。至于勒加特呢："亲爱的读者请知悉，我在这个荒岛上的主要职责是思考。"

他的主要职责是思考，思考"恐惧与习惯这两个暴君"。他还思考了空气、降水，以及卵生动物的问题。每个蛋中都有惊喜——不是那种珐琅制动物的惊喜，而是真正的鹦鹉、鸽子、织雀和小巨兽。岛上有两种巨兽——吃高大植物的长颈巨龟和吃低矮植物的短颈巨龟——都对人类态度友好。我们可以理解乌龟对能够加速运动的动物的好奇心。

成千上万的巨型乌龟聚集在一起，慢悠悠，绿油油，仿佛一群良性暴民[1]。岛上也有独居动物，比如孤鸽，他们"极少群聚"。与渡渡鸟类似，他们只会行走，但不飞行不代表他们没有天赋。从他们小翅膀上的大翼突及遗骸上的骨折痕迹来看，孤鸽似乎很有战斗的天赋：他们的孤独是暴力式的孤独。[2]

他们的孤独始于巢穴，孤鸽的每个巢穴内只有一个鸟蛋。树林里的每对父母都会坐在自己的蛋上，并避开路过的其他孤鸽。环境优美的树林自然是独居生活必不可少的条件，勒加特笔下的罗德里格斯岛森林茂密，小山丘上都覆盖着树木："绵延丛生，几乎等高，像是许多天蓬和雨伞一样聚在一起，共同组成了一道郁郁葱葱的永恒屏障。"

---

1 暴民是可能会发疯的，但没有暴民的话，发疯的或许就是你自己了。——原注

2 20世纪20年代，一个名叫 G. 艾特金森的人指控罗德里格斯孤鸽是勒加特杜撰的，甚至勒加特本人也根本不存在。大多数虚构作者只是虚构内容；勒加特不仅虚构了内容，还虚构了自己，而且足以以假乱真，因为他所虚构的小翅膀、大翼突的孤鸽特征，正好与罗德里格斯岛洞穴中发现的骸骨一致。——原注（罗德里格斯孤鸽在原文中为 solitaire，本文特指这一物种，也称罗德里格斯渡渡鸟，因为过度猎杀已于18世纪灭绝。）

Giant Galapagos Tortoises.
North Miami Zoo. Fla. 395

加拉帕戈斯象龟，北迈阿密动物园，佛罗里达州

渡渡鸟和豚鼠，1757 年，乔治·爱德华兹（George Edwards）绘。明尼阿波利斯美术馆珍藏

（如果缺乏人手，树木自身足以充当合格的护林员。）（一棵树也足以变成一把漂亮的雨伞。）

偏远岛屿上的父母可以安心地每次只下一颗蛋，但如果遇到了猪，那么独蛋计划便会带来不幸。18 世纪，猫、猪及荷兰人航行至该岛，"美味可口"的孤鸽不再能够独处。在孤鸽灭绝后，他曾在天空中闪耀过一段时间：1776 年，有人将长蛇座的尾巴改为孤鸽座，但又有人在 1822 年将孤鸽座改为猫头鹰座。[1]（人们总是来来回回地调整星座。当然这并不代表现在的我们有权把天蝎座变成葡萄干面包座。）

总之，球蓟种植宣告失败。与此同时，年轻的流亡者也开始厌倦这种平静的生活。"他们本来是可以娶妻的。妻子！在他们看来，这是男人唯一的乐趣。"勒加特年长一些，所以他知道妻子并不是男人唯一的乐趣。然而正如他被迫来到此地，他也被迫离开：勒加特并不想一个人留下。

---

1 前者指法国天文学家皮埃尔·查尔斯·勒蒙尼尔（Pierre Charles Le Monnier）提出的拉丁名为 Turdus Solitarius 的星座，更多被译作画眉座，其形状确实仿似罗德里格斯孤鸽。后者最早见于美国天文学家埃利嘉·布里特（Elijah Burritt）的星图。这两个星座均已被废除。

这些男人建造了一艘帆船，撞坏之后又建造了一艘。大海为他们的船送来了一根巨大的橡木横梁，其他材料则由需求提供——因为有需求，木工才得以为木工，绳匠才得以为绳匠。

在他们漂流至毛里求斯之前，勒加特为罗德里格斯岛作了一首诗，以表达对棕榈酒、瓜果、清水，以及"珍贵的自由宝藏"的感激之情。他祈祷星相学家、撰写低劣诗歌的人士，或者试图解密的"疯狂的书呆学究"和"自大的卑鄙小人"永远不要亵渎此岛。

罗德里格斯岛上大部分的神秘事物还未得到解释就已经消失。他们过于无辜，太过友善，太像过客。忘记了如何飞行的过客被人类吃掉，曾从树上飞下来啄食人类手中瓜果的小鸟也未能幸免。成群结队的巨型过客蹒跚前行，却只看到以之为食的植物在火焰中燃烧，只为了清扫土地以发展农业。罗德里格斯岛上还有一种亮绿色的鸟类叫作腐尸鹦鹉，他们和孤鸽、巨型乌龟、椋鸟、长尾鹦鹉、壁虎、鸽子一起，通通灭绝了。

如果神秘的过客们也只是流亡海外而并非彻底灭绝就好了。如果罗德里格斯的神秘物种也能找到一艘帆船出

丘比特用爱激励植物，出自《弗洛拉神庙》（*The Temple of Flora*，1807）。图来自生物多样性遗产图书馆

海——乌龟满足地挤在一处，孤鸽则忙着互相规避——最终被冲到另一座岛屿，那里的树木也长成这般模样："罗德里格斯有一种树长得特别好，树枝又圆又粗，阳光都无法穿透，有些树大到两三百人站在下面也不会被太阳晒到或被雨淋湿。"一种亭子一样的树木——一座被这样的树木搭建成的亭式岛屿，柔软的绿叶仿佛心形的手掌，或许就可以保护无数神秘的存在不被冒昧打扰。

海象的替补

人们总是在谈论如何不依靠船桨渡溪，仿佛船桨是渡溪唯一可或缺的工具。当然，船桨与渡溪有关，但你也可以不依靠长尾鹦鹉、佛塔或希腊语-叙利亚语互译词典渡溪。我曾尝试过在不穿燕尾服的情况下渡溪，甚至有一次连大号乐器都没有携带。

同样，当我们评价某人孤陋寡闻时，似乎也总是意指与之有关的事物。但实际上，我们也会对不相关的事物孤陋寡闻。我不仅不大了解最高法院，还不大了解格林德顿人[1]、雕齿兽、美法准战争、敦克教派或"起源神奇的爱尔兰奇迹"；当然，我也不了解起源平凡的爱尔兰奇迹。我既不会烤三明治面包，也不会做犹太馅饼、丹麦脆饼或墨

---

1 Grindletonian，17世纪英国家庭主义教派成员。

西哥饼干。我不光没有数百万美元，更没有数百万苏联辅币、希腊德拉克马、希伯来银币，或雅浦岛上使用的大石盘。[1]

如今人人都想成为相关人士，也都想让他人变得与之相关。相关性像是唯一的优势，或者说在所有优势中相关性是最具优势的。[2] 当然，相关性是相对的。对于一位英国女学生而言，什么与之有关？令人赞叹的词汇量、教室里的小社会、避免中毒的简单规则、比梅布尔那姑娘更聪明，而她与海象、螃蟹或疯狂的公爵夫人应该是无关的。

如果你发现自己被相关事宜压得喘不过气来，那就试试和雏鹰或鸭子交流，用火烈鸟打槌球，与睡鼠、野兔、疯帽子一起参加茶话会。[3] 这样一来，相关性便会乱七八糟，甚至无法将这些事物对号入座。

我的说法可能让这一切听上去太过容易。我知道火烈鸟疑心很重，雏鹰并不总是乐于交谈，海象也通常另有安

1　Yap Island，太平洋西部加罗林群岛中的一个岛，当地居民会使用直径 4 米、重 5 吨的石材当作大额交易的货币。

2　相关性之外，还有例如磷光现象、起泡泡、滑稽、像兔子一样等优势。——原注

3　均为《爱丽丝梦游仙境》中的情节。

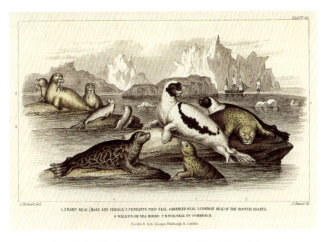

1.2 HARP SEAL (MALE AND FEMALE) 3.PENNANTS PIED SEAL. 4.MARBLED SEAL. 5.COMMON SEAL OF THE SCOTCH COASTS.
6. WALRUS OR SEA HORSE. 7.8.FUR SEAL OF COMMERCE.

Mackie & Son Glasgow Edinburgh & London.

海豹与海象，出自博物学经典著作《地球和大自然的历史》

排——数不清多少次我发出邀请后，在后院的罂粟花旁摆上纸牌桌，准备好茶水和黄油吐司，结果只有心智正常的人类出现。就是由于总被海象冷落，我才养成了阅读的习惯，因为有的作家几乎与海象一样擅长摇晃我的脑袋，甩掉相关的顾虑。当我找不到海象时，我会求助以下作者。

哈菲兹[1]

14 世纪的波斯或许也存在一些当下的问题，那时候的作家也可能需要具有相关性。但是哈菲兹所写的诗歌是：与太阳互开玩笑，宇宙是面铃鼓，兔子演奏铙钹，行星变得疯狂，等等。由于这些主题过于荒诞，哈菲兹一直以来都显得无关紧要。哈菲兹永远都是无关紧要的。此段诗句似乎描写了其独特的写作过程：

我背诵时坐着的骡子

---

1 Hafiz，14 世纪波斯伟大的抒情诗人。哈菲兹幼年就能写诗和背诵《古兰经》，一生共留下五百多首诗。

朝着某个方向启程

但后来喝醉了

迷失在

天堂。[1]

《不知之云》[2] 的匿名作者

首先，还有什么能比匿名的相关性更低？除此之外，这位神秘的 14 世纪英国人教导读者追寻知识的缺失，将你所有的信息投入遗忘之云，也将自身投入未知之云，并在那里安家。如果我们都能接受这位匿名作者的建议，搬到云端居住，不知道电话工厂和事实工厂会变成什么样子。

1　*The Gift: Poems by Hafiz the Great Sufi Master*，*trans. Daniel Ladinsky*（New York：Penguin Compass，1999），133.——原注

2　*The Cloud of Unknowing*，不具名英国作者作于 14 世纪左右的基督教文学作品。

奥维德[1]

迷人的姑娘变成迷人的奶牛。她那可怜的河神父亲哀叹道："对我而言，死亡无法结束苦难，生而为神多么悲惨！"女儿的回应却只有哞哞声。有人变成薄荷，有人变成鸣角鸮，还有人变成了星座。我很好奇他们有多留恋自己之前的身份。

想象一下，一个人 20 年来一直在确立自己作为一个人的职业身份，在学术期刊上发表支持人类的文章，参加各种人类协会，等等。可就在获得心仪高校的人类学教授职位的面试机会后，她突然变成一根黄瓜。假设她仍然决定参加面试：她会乘坐酒店的电梯来到五楼，试探性地用绿色的果肉敲敲房间的门，里面坐着招聘委员会的成员，她拖着脚步走进去，脱下外套，委员会只好说道："呃，好吧……我们……哇……根据您的简历，我们以为您是个人呢。"

---

1 Ovid（公元前 43—公元 17），古罗马诗人。下文指其代表作《变形记》中伊那科斯、伊娥父女的故事。

上帝

第四条诫命[1]的作者会让畜牧工人（以及仆从和外国人）每隔六天休息一天。如果我们都能遵守这条异想天开的诫命，世界的美元化进程将会减缓。

约翰·弥尔顿[2]

由于宣传手册通常制作粗劣，所以其上的内容一般是与时事相关的紧要话题，比如同侪压力、腌菜和灵魂救赎。不过，在我看过的所有小册子——《新旧式腌菜食谱》《如何培养你的孩子》《怎样修理拉链》《上天堂的步骤》（包含明确的行动计划，但不包括坐在烂醉的骡子上背诗）——中，我最喜欢一本名叫《论出版自由》的过时之作，即弥尔顿先生让教会滚开之作。因为在过去，一本书必须先得

---

1 指《出埃及记》中的十条诫命中的第四条。内容为"当记念安息日，守为圣日"，意思是上帝前六天创造万物，第七天休息。
2 John Milton（1608—1674），英国诗人、政治家。

到一帮爱管闲事的修士批准才能够出版。

　　为了扩张其侵占的领域，他们最后的一项发明是：规定除非经过两至三位饕餮修士的许可，否则不得印刷任何书籍、手册或纸张（好像出版社大门的钥匙也由圣彼得从天堂传送给了他们似的）。例如：

　　　　敬请奇尼教士查阅该作品是否包含不得出版的内容。

文森特·拉巴塔，佛罗伦萨牧师

　　　　我已看过该作品，并未发现有悖于天主教信仰与良俗的内容。特此证明。

尼可罗·奇尼，佛罗伦萨教士

　　　　鉴于先例，现允许印刷达万扎蒂的这部作品。

文森特·拉巴塔

　　　　同意印刷，7 月 15 日。

西蒙·芒培·达梅利亚修士，佛罗伦萨宗教法庭副主教

首字母 H：天使报喜，出自中世纪手抄本

当然，如今不再会有饕餮修士在我们的书上署名了。我们之中最像饕餮的当属灰熊，但他们的胃口实在太大，以至于没有时间消化那些具有潜在颠覆性的文字。这也是为什么没有向熊致敬的书籍。

某些现代社会不存在任何审查人员，除了所有审查人员中最严格的头脑审查者，这类官员会监督我们的思想以确保其"不与任何事物相悖"。不与传统相悖，不与共识相悖——不与相关性相悖。我们的思想应以星辰为限，为何要像相关人员那样思考？人又是从什么时候开始变成相关人员的？他们肯定不是一开始就乱作一团的。总之，无论那些修士老头发福到什么程度，也不会有上帝的福气大，而上帝从来不审查我们。

不合逻辑

存活数量为 7 839 056 589[1] 名的人类显然不是濒危物种。我们的鳍不适合煲汤，我们的浮岛不会间歇性地沉入湖底，我们不是倒挂在红树林中不足百只的侏儒树懒。不过，人类个体可能会处于危险状态，比如亚利桑那州凯尔弗里镇那位正吃着土豆当晚餐的瘦削老太太。凯尔弗里的仙人掌随时会倒在你身上。

很久以前，一个名叫乌斯的地方也住着一位极度濒危的人类个体，约伯。一开始是他的羊被烧光，接着又是骆驼被迦勒底人[2]掳走（他们的臂膀一定十分强健）。后来他的十个孩子都被坍塌的房屋压死，自己也长出了疼痛难忍的疮痂。最后他的三位朋友还不约而同地苛责灰头土脸的

1　作者写作时的世界人口总数。
2　Chaldean，古代生活在两河流域的居民。

他，他们无疑都被某一派别的意识形态吞噬了，想法完全一致。[1] 与其中任意一人对话，效果都是相同的：琐法可以是以利法，比勒达可以是琐法，以利法可以是比勒达，琐法可以是比勒达，以此类推。琐比勒以利法达的理论是好人是不会受难的——所以受难之人一定是做错了什么。这一理论与其他任何理论一样，能够涵盖所有微不足道的经历——小疼小痒，脚趾痛，手被溜溜球打到，头被乒乓球砸到。任何理论都能适用于没什么大不了的生活。

从另一方面来说，约伯的经历又是无法涵盖的那一种。约伯的忍耐力总是为人称道，但事实上他只忍耐了两个章节。之后的 30 章记述了约伯及其友人的激烈交谈，即经历与理论之间的对话。理论试图蒙蔽经历，经历想要压制理论。理论说道："世人污秽可憎。"经历答道："神倾覆我。"理论又说道："是你废弃敬畏的意。"经历仍答道："我并非

---

1 在所有人类掠食者中，最为饥肠辘辘的可能就是派别了。他们的饥饿感从不消减，反而每吃一口都会增加。有些人会尖叫着逃跑，也有些人会欢快地跳进他们贪婪的嘴中。不过，派别绝不会顾及其内任何个体。一旦你被形式主义或热月党吞噬，你的思想就不再是你自己的，而是形式主义的或热月党式的理论。——原注〔热月党（Thermidorian）是法国大革命时期的党派。〕

不及你们。"

总之，人人都有其局限性。约伯对他的朋友们说道：
"你们都是无用的医生。"然后开始直接抱怨抓着他的脖子
把他摇晃到支离破碎的那一位。"我坚持与上帝争论。"或许
你曾经参加过那种只组建了三分之二的乐队，就像是只说了
三分之二的对话，缺席的是不存在的鼓手或者知道所有答案
的那个存在。不过有意思的是，缺席约伯与琐比勒以利法达
的对话的那一位最终还是出现了。虽然随之而来的不是答
案，而是狮子、闪电，以及各种不合逻辑的东西，比如
驴子。

1

"是谁放了野驴给他自由？或者说是谁解开了他的绳
索？"[1] 讲话者显然指的是自己——没错，就是我，是我放

1　本章《圣经》节选均出自钦定版译本（King James Version），参见
The Jewish Study Bible（New York：Oxford University Press，
2004）。——原注（本书《圣经》引文的翻译，皆基于作者的英文
原文，并结合《圣经》和合本。）

走那些驴子的！介入这场严肃理智的神学辩论的是放走驴子的人。

后来，我读到过一些指导如何寻找逃跑驴子的书籍——首先需要假设如果你是驴子你会去哪里。但我从来没有见过教你如何放跑驴子的书。会放走驴子的家伙大概也不会养鸡，更不会阉割公牛。

2

除此之外，他倒是会创造贝希摩斯[1]。"你且看贝希摩斯，我造你也造它。"作为典型的巨兽，贝希摩斯自带的标准会使其他标准相形见绌。也许您的家里有很高的标准，行事滴水不漏，然而一旦贝希摩斯穿过前门——谁还管你漏不漏水！当你看着贝希摩斯时，你的标准会变得虚假，一如你的身份。只有混迹于小型动物中，那些表面上的身份——例如女性、时尚人物、宗派主义者、二把手等——

---

1 behemoth，与下文的利维坦（leviathan）一样都是《圣经》中出现的怪物，传说由上帝在创世的第六日创造。

才值得一提。

3

他用了整整一章探讨巨兽中的巨兽——"使深渊开滚如锅"的利维坦。他没有提及侏儒树懒，可能他们太过渺小平和，无法使深渊开滚如锅。如果侏儒树懒从红树林的枝头掉进海水里，他们只会平静地划到另一棵树上去。侏儒树懒应当不会像贝希摩斯和利维坦一样扰乱你的身份。但不管怎样，多与比自己更混乱的人相处总归是有益的。

4

奇怪的是，当他说到鸵鸟时，发言者突然用第三人称指代自己——"因为神使它没有智慧"。尽管鸵鸟是个傻瓜，但她跑得飞快。你不需要多明智就可以拥有速度。你也不需要多明智就可以成为巨兽。

5

　　"你能为狮子猎取食物吗?""鹰雀飞翔,岂是借你的智慧吗?"上帝似乎颇为满意动物的自主性,他们并不需要我们的帮助。这对我们来说可能难以接受,毕竟我们真的非常乐善好施。也许有人试图成为鹰的飞行教练,或鸵鸟的生活导师,为狮子策划狩猎会议,设想狮群会来到酒店大堂排队,等待发放名牌和会议材料包,仔细阅读日程表以便准时参加最为专业有效的讨论组。

6

　　"你能系住昴星的结吗? 能解开参星的带吗?"[1] 过去的星座比现在更容易系紧松绑——或者说更易变化。七姐妹被变为星辰时猎户还在追赶着她们,在我看来猎户也在

---

1 前者即普勒阿得斯(Pleiades),希腊神话中阿特拉斯(Atlas)的七个女儿,被宙斯变作七星星团;后者即俄里翁(Orion),希腊神话中的巨人猎手,死后化为星座。

那时被变成了星座。无论如何，如今再也没有人会打扰七姐妹，也没有人会脱掉猎户的裤子。

按照琐比勒以利法达的说法，上帝好像对月亮星辰不以为意："在神眼前，月亮也无光亮，星宿也不清洁。"但当上帝亲自开口时，他听上去还是挺迷恋这些星球的。或许这几位朋友——与大多数上帝代言人一样——并不是真的在代表上帝发言，而是为厌恶月亮、星辰、人类的自己说话。如果有谁沦为蛆虫，无须为他啜泣。

7

在所有不合逻辑的巨型存在——狮子、利维坦、星辰——中，还有一个小小的不合逻辑的存在，一个微不足道的存在——一株嫩芽。的确，还有什么比春天更不合逻辑？冬天的你可以整日待在账房里，眼前除了数字还是数字，但到了五月走出房门，你会看到淡紫色的银莲花凭空出现。起死回生有多么震撼，春天也就有多么震撼。诞生本身就是震撼的，看看那些震天撼地的新生儿吧。生命是最不讲逻辑的了。

8

"谁将智慧放在怀中？谁将聪明赐于心内？又是谁全知至足以解释天道？"上帝的大部分发言都是以问题的形式，琐比勒以利法达则大多用答案说话。你可能认为应当反过来——人类提问，神灵解答。理论上来说，答案可以赋予我们权威，但答案往往也是脆弱的，仿佛绵羊，需要时刻保护。而就像是牧羊人需要她的绵羊一样，教条主义者也需要他的答案。没有绵羊的牧羊人或者没有答案的教条主义者该有多么沮丧。

9

"雨有父亲吗？"想象一下做雨的父亲：停下，雨——不，停下，雨，不不不，这边走，雨，我跟你说了要去萨

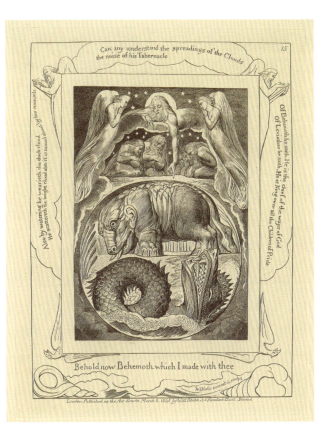

贝希摩斯与利维坦，耶鲁大学英国艺术中心珍藏

平顿，不要再去锡尔弗斯塔！[1] 雨有自己的优先级，这似乎是所有天象的共同点。孔雀、冰雹、鹰、地狱，甚至一些人类都有自己的优先级。在全世界声量最大的那些人背后，大约还有 7 818 300 000 名成员，其中一部分人就始终坚持着自己的优先级，你可能会在机动车辆管理局、杂货店或图书馆看到一些。如果你真的想要眼见为实，那就去找给图书馆捐款的小人物吧——比参议员小得多的人物。

10

"你能发出闪电，令他离去，并对你说，我们在这里吗?"当你喊出"哟吼!"的时候，那些闪电都会应声而来吗? 当然不会，闪电不听你的，也不会分辨教皇和异教首领、南瓜和西瓜[2]、长颈鹿和长颈鹿。过去的传统是闪电

---

1 均为美国地名。
2 原文为 pumpkin and bumpkin（南瓜和乡下人），考虑作者的文字游戏意图，故作改译。

只能下行，但后来我们发现了挑战传统的粉红色的精灵闪电[1]。这就是传统的结局：不断被挑战。

❦

创世者继续讲述他那些飞雪白霜，还有饥饿的小渡鸦、小狮子、小山羊什么的。在上帝出现之前，这本是一场严肃的谈话。人们以为他会大量提及宗教内容，讨论无形的事物，他的思想不应受到如此之多的动物的影响，他至少应当向听众明示一些重点。然而，在上帝的话语中寻找重点，如同在驴子的身上寻找重点。驴从头至尾都是一头驴，任何重点都得用透明胶带缠在她的肩胛上，但任何需要粘贴的重点都难以被称之为重点。无论如何，随着他的利维坦发出雷鸣，上帝终于结束了长达多章的辩论：教条主义

----

1 在附近任何一座公园里，你都可以看到精灵闪电挑战传统。如果他们正在打棒球或橄榄球，不必惊慌——如果是学龄前儿童进行的体育运动，通常值得一看。婴儿体育也不错。厌烦了育婴的人类可以尝试让婴儿赛跑。——原注（electrical sprite，大气层中发生的向上喷流现象，颜色变化多样，与常见的闪电不同。）

者退场，上帝给了约伯更多的绵羊、骆驼、子嗣，无一伤亡——尤其是子嗣。

不过，过去是过去，现在是现在，过去与现在之间的距离总是越来越远的，现在的我们距离过去的《约伯记》[1]越来越远。我们很难想象有谁会为女儿取名为"一瓶蓝色眼影"，或者因为收到 6 000 头骆驼背负的货物而感到欣慰。但现在仍有冰雹，仍会下雨，云层仍是不可控的，动物幼崽仍然是饥饿的，我们的某些对话也还是需要一定的介入。如果上帝不能伸出满载小羊羔和笨拙鸵鸟的援手，那么我们不如自行尝试他的修辞方法。

有时候，你和友人之间的谈话，像是一匹拖拉了数月的死马。从校园拖到公寓又回到校园，下了三层楼梯，走过七个街区，来到人潮拥挤的餐馆，又进入氛围阴郁的小酒吧，马越发死气沉沉。所以到了凌晨两点，你实在厌烦了拖拽，以及那股恶臭，开始把它埋进公园里，但是洞挖得却不够深，马蹄还是会从地里伸出来，你也因此依然被抓住

---

[1] 《约伯记》是昔日的记录。古昔之书会一起被放在书店后面的小书架上，因此那不仅是一两个昔日而已，而是数万个昔日，越来越遥远的昔日。——原注

话柄，只好再把它挖出来。如果你觉得自己仿佛永远也无法摆脱这种乏味反胃的负担，不如试着引入一匹活马，特别是那种笑着的活马："每当号角鸣起，它便会发出'呵哈'声。"

而如果有人试图令你屈服于毕恭毕敬的宗教主义陈词滥调，背叛自己的经历，退缩、放弃、离开，与其认输，不如坦白："我并非不及你们。"然后就去牵走一头利维坦吧。如果找不到利维坦，黑脚信天翁或者赤胸朱顶雀也可以。赤胸朱顶雀没有信仰，任何动物在面对教条时都会答道："这只是宗教的说法罢了。"动物无视信条。

当然，宗教不是唯一的信条，动物也不是唯一的干扰变量。如果某些大脑研究者试图让你顺从于测试大脑反应的图片，你可以说"等我一下"，然后跑去寻找一个弦乐四重奏乐团演奏贝多芬的《第十五号弦乐四重奏》。这首曲子是贝多芬经历了失聪之苦后谱写的，他称之为"对上帝的感恩圣歌，出自神之杰作"。如果你找不到弦乐四重奏乐团，那么就请得州飓风[1]演唱《嗨宝贝，怎么了?》。因为几乎所有音乐在面对那些微弱的大脑刺激时都会答道："这

---

1 Texas Tornados，美国乡村摇滚乐队。

只是神经科学的说法罢了。"

　　其他假意与宇宙结盟的信条会强占经历，并用言语将之击碎，但绝境中的经历可以对抗任何掌控，是无法被强占的。"我会坚持自己的道路。"约伯说道。而在上帝那番动物狂热症的发言最后，他承认约伯是对的，他的朋友们错了。他们不是与宇宙结盟的顽固之人，仅仅是彼此结盟的顽固之人罢了。琐比勒以利法达，你们在说谎：月亮明明散发光亮，星宿也如此清洁，人类更不是蛆虫。而其中最大的谎言莫过于无辜之人不会受难。皎洁如星辰也会遭遇可怕的事情，燃烧恐怖的光芒，神之杰作也不例外，比如贝多芬，比如阿拉敏塔·罗斯[1]，比如那个名叫约伯的男人。众生皆无不同。

1　Araminta Ross，即哈莉特·塔布曼（Harriet Tubman，1822—1913），美国废奴主义者，本人就是一名逃跑的黑奴。

圣安妮教圣母读书，约 1430—1440 年。保罗·盖蒂博物馆珍藏

行　者

　　学习任何真正重要的技能都需要花费很长的时间，比如演奏大键琴。首先你需要购买一台，再把它抬到阁楼上用毯子隔音，最后在家人睡着的时间里夜复一夜地练习。在闷声练习数夜后，可以开始尝试《雅克兄弟》，接着是一些尚不稳定的琶音和弦，坚持一阵后便能弹奏亨德尔[1]的曲子了，愉悦也随之而来。愉快地演奏大键琴、长号或者其他乏味的乐器——比如心灵——都是终生事业。当然，一生也并没有那么长，这也是为什么我们需要尽快开始学习。蟒蛇宝宝学习如何收缩，克莱兹代尔马宝宝[2]学习如何被驯服，野马宝宝学习如何不被驯服，山雀宝宝学习如

---

[1] 应指英籍德裔作曲家乔治·弗里德里希·亨德尔（George Friedrich Handel，1685—1759）。

[2] Clydesdale，强壮耐劳的苏格兰种挽马。

白颊黑雁，出自《美国鸟类》（*Birds of America*）。匹兹堡大学珍藏

何发出唧唧啾啾丁零当啷的声音。

破壳而出后，白颊黑雁的雏鸟会发现一直以来向往的热源是自己的父母，隐隐约约察觉到的光线则来自太阳。假以时日，他们还会了解什么是苔藓地、莎草地、迷迭香草地，以及格陵兰岛[1]上的其他绿地，知道虎耳草初尝发苦随之回甘，明白飞翔是代代相传的技能。再到后来，他们会长出强健的羽翼代替柔滑的绒毛，长途飞行至赫布里底群岛[2]过冬。他们会飞过水面，飞过森林，飞过卡兰尼什的巨石群，飞过管理动物的人类的头顶。然而在最初的七周里，他们只是毛茸茸的行者。

如果只是如此尚且可以称之为现实。不过现实总是比想象中艰难。虽然幼鸟要在几周后才能学会飞行，但刚孵化没几天的他们却不得不飞离巢穴所在的四百英尺悬崖。父母无法携带他们下山，也无法整日从山谷带回微薄的草料，至少无法坚持数周。家长飞走，孩子只能跟上。这有点像是要求消防员在出生后的第四天就奔赴火场。消防员、

1　Greenland，位于北美洲东北部，属丹麦。
2　Hebrides，位于苏格兰，下文的卡兰尼什（Callanish）巨石群位于此地。

解经师和墨西哥流浪乐队都需要经过数年的培养才能施展自己的才能，就连彼得·皮尔斯[1]也不是在威格莫尔音乐厅的舞台上横空出世的。谁能想象婴儿时期的彼得·皮尔斯大唱"市民们，我来解救你们了"呢？

当然，在格陵兰岛树木丛生的时期，鸟类可以在木兰树上筑巢。刚出生的雏鸟会等到小羽翼干透后开始磕磕绊绊地自己吃草，尽管那模样十分滑稽。但后来树林结冻倒塌，没有树林便没有秘密。部分鸟类决定带着他们的秘密离开海岸去往岩石岛屿——这一选择颇为巧妙。还有一些选择了不那么巧妙且更易引起眩晕的地点。白颊黑雁的飞行能力仅仅稍强于矮种马，可他们仍然需要飞跃悬崖，在地面没有人举着斗篷的情况下。

所以雏鸟很快便意识到蛋内的生活是多么美好。蛋壳足够坚固，能支撑成年白颊黑雁的体重；足够宽敞，能容纳被迫聚集的成员；足够约束，能免去所有责任和义务。无论好鸟蛋还是坏鸟蛋（有的鸟蛋会爆炸），都是合格的决定论者，能够为所有的生活状况找到前因。合格的决定论

---

1 Peter Pears (1910—1986)，英国男高音歌唱家。

鸟蛋就像是弹球游戏、阴影，以及发条鹅诞下的锡蛋一样——发条鹅本身也是决定论者，她的每一个动作都是基于钥匙转动了多少次，面对哪个方向，底部塞了几个蛋。不过一旦她下了蛋，便也绝了后：因为锡蛋无法孵化出锡制决定论者。决定论逐渐消亡。

开始孵化后，没有谁能预知自己的未来：父母可能会将鸟蛋放置在朴树、仙人掌、蕨菜或不可理喻的悬崖边上。对于部分鸟类而言，自由是有趣的。朴树上的鸟儿可能会享受那即将到来且不可逆转的自由，但对于需要自行离开巅峰的白颊黑雁来说，自由仿佛应召入伍。

长大后的小鸟或许会表示抗议：我是口袋里的零钱吗？是你临时捡来的吗？但刚出生三天的幼鸟还不足以懂得怎么发脾气，也不懂任何人都可能是临时捡来的；却足以被饿死，足以感知到某种深刻的从属关系，这种关系一旦消失，他们便会从悬崖飞驰而下。妈妈在的时候，巢穴舒适贴心；妈妈不在了，便是流离失所，他们就像太阳飞走时的地球。

有的鸟类则过着值得被歌颂的生活。蓝山雀一天能被母亲哺喂上千次，蛇鹫的母亲会给孩子带来去了头的蛇。

鹤鸵的母亲从不飞离，因为他们并不会飞。有的鸟儿会出生在两千根羽毛组成的膨胀式巢穴或温馨狭小的碟状巢穴内，他们的父母也不会吹毛求疵，妄想自己的孩子在学会飞行前就开始飞行。他们的第一次飞行可能是从一段原木上掉下来。在原木上下飞来掠去的小鸟或许就是精灵和仙子的灵感来源。

小行星的后代是最轻松的，比如巴堤斯帝纳[1]星系里的成员，每一个都在太阳系周围跌跌撞撞，冒冒失失的这个叔叔、那个女儿、各种祖先，在卫星上弹跳，震动不同的世界，留下他们的印记；他们的克罗科环形山、德雷贝尔陨石坑、布莱格撞击痕[2]。巴堤斯帝纳小行星可能并不是灭绝恐龙的罪魁祸首，但如果确实是，那他们一定早就忘了这件事。他们从来不会失去冷静：当家族分崩离析，只会繁衍出更多的小行星。如果曾经出现过一位堂兄阿隆佐，那么现在可能就有 17 个堂兄阿隆佐。

不过白颊黑雁没有冷静可以失去，他们失去的只有温

1　Baptistina，可能是 8000 万年前一颗小行星在撞击后解体而产生的小行星家族。

2　原文分别为 Crocco、Drebbel、Blagg，均为月球上的陨石撞击坑。

暖。他们比岩石更加忧郁，不可分割。岩石不会因为离别而悲伤，也从未经历过艰难——或者可以这么说，我们只会见证可能发生的事情在岩石身上发生。但艰难能够激发不可能之事：从不会唱歌的人那里听到歌曲，在唯物主义的思想中发展形而上学，让小小的行者学会飞翔。艰难就像是有人敲着平底锅跑向你一样。起初母亲的飞离也许是一种对毅力的考验，雏鸟发誓会等到她回来的那一天。而随着时间过去，他们的誓言也愈发绝望——我会等到你不再回来的那一天，等到永远的最后一天。

然而，如果你太过饥饿，便连靠近食物也无法做到。食物是不会追着你跑的，你只能自己努力，以免为时已晚。饥饿感变得尖锐，耐心沦为诅咒，心脏失去血色，白颊黑雁雏鸟从不会停止跳动。旅鼠和鹈鸟等潜在观众也从未停止喝彩，但我们难以观赏几乎不可观察的画面——灰色的毛球从灰色的悬崖上滚落——以及往往以不幸为结局的故事。只有他们的父母最终出席，在碎石坡上等待重聚。

荒谬的垂直线下方可能是广阔的高原。高原自身的第一反应或许也是感到荒谬——荒谬地广阔，荒谬地平缓。能够整日啃食羊胡子草是多么荒谬的事情！不过一段时间之后，就连羊胡子草也会显得平平无奇。甚至草莓都会成为既定事实，与日常拼写无异，除非你想尝试使用以撒以撒族或约塔约塔族[1]的语言进行拼写。如果你认准了既定事实并且遵循英文的拼写方法，那便可以继续发展你的强项，获得一些结果、地位、优先级。有的人想要进入聪明阶级，有的则希望进入永远阶级，还有的人只想每年有两周的时间在土耳其式浴室里以有益健康的方式挥汗如雨。

地位理应与视角相称：站得越高，看得越远。但那些自诩比起雏鸟更无所不知的存在可能会对宇宙视而不见。被困在格陵兰岛悬崖边的白颊黑雁渺小无助，只得望向如鬼魂般惨白的月亮，如意趣般消逝的迷雾，望向层层叠叠的乌云，和眼下的冰山与绿谷。在这幅全景图中，他们唯一看不到的是自己——尽管这并不一定对视野造成任何影响。但如果同时满足某些要素，他们也能够充分认识自身。站在山顶朝着背阳的方向看去，你可能会发现自己的巨大阴影，周围还有一道光晕。雏鸟、将龙船举过头顶的维京人、穿着过冬外衣的白鼬，都是可以被放大的——没有谁

1　原文分别为 Yitha Yitha 和 Yorta Yorta，均为澳大利亚土著民族。

会因为过于微小或庞大而无法被放大。

如果故事里的某个角色做了极其危险的事情，比如从悬崖上跳下，一般来说他的脚下会架起一座桥，或者他会变身为一只海鹰。勇气通常由魔法验证，而魔法总是轻便的——英雄从来不会变形为河马。但对于白颊黑雁而言，魔法是不存在的东西：雏鸟一旦离开崖边就会开始下坠，不得不受到轻风、岩石、失望的威胁。空气乐于承受傻瓜，但地面不能。

梦想化身为鸟儿的人们所想的不是羽翼未干就不得不窘迫下坠的幼鸟——在世界之巅孵化而出的脆弱幼鸟，他们不得不跳下悬崖，不得不拿出与年龄不符的勇气，几乎还未积攒任何时间或物质，目光可及仅有月亮与太阳、山脉与峡谷，以及似乎没有来源的风。

乱七八糟的风：如果没有其他的验证方式，那么只能交给风，交给天气来验证，无论我们的经历长达三天还是三十年。如果你感觉到微风吹拂着你的羽翼，细雨落在你毛茸茸的头顶，那么这便是在经历天气了。与"摔跤""口哨""飞行"一样，"天气"在英文中也可用作动词。[1] 你

1　原文在此处使用了一词多义的 weather（天气；经受）来玩文字游戏。

雾在黄石国家公园的拉马尔山谷的森林中弥漫

不仅仅是天气被动的承受者，不仅仅是被淋湿的，被风吹的。天气是我们之中最具临时性的，也是最不具临时性的。我们经历冬天，经历夏天——不过对于从未孵出、从未离开舒适巢穴的小鸟来说，并非如此——在春天起跳，在秋天下坠。[1]

1 此处可能也是一词双关的文字游戏，春天（spring）、秋天（fall）在英文中也分别有相应的动词用法。

尤其是斑马

　　两只黑色大眼睛的巨型亚达伯拉象龟正在他们灌木丛生的领地周围移动。前面一只停了下来，后面的象龟不想忍受交通堵塞，也不愿变道，像菲亚特从另一辆菲亚特车顶开过一样爬过前面那一只。被压在下面的反应强烈，将僭越者甩了下来。另一只象龟迈着内八字的粗腿一步一拖地把自己挪过来，三只象龟仿佛三叶草的裂片一样面面相觑互不相让。而巢穴里的第四只象龟已经失去了出行的权利。

　　两头雌性长颈鹿在本周抵达塔尔萨[1]，一头来自密苏里州，一头来自堪萨斯州。栅栏将她们与雄性长颈鹿分开，但较低的高度使得她们可以向说明牌所写的那样"与对方

1　Tulsa，美国俄克拉何马州的城市。

的头部互动"。她们嗅闻、磨蹭，通过头部互相交流。一开始两头母鹿因为轰鸣声受惊不小（塔尔萨公园就在塔尔萨机场的旁边），她们看向桑布卢的脑袋，后者却表现得镇定自若。桑布卢于 1992 年出生在园内，了解喷气式飞机就像坐满了吃葡萄的儿童的马车和旋转木马断断续续的音乐声一样常见。公园搭建了一个很高的平台，以供带着胡萝卜的游客爬上去与长颈鹿互动。担当长颈鹿的躯体一定是一份吃力不讨好的工作，总是需要支撑着更受欢迎的头部去这去那。不久后的某一天，莱克西和皮莱将会被允许进入主场地，与桑布卢一起跟着帆布伞投下的阴影转圈，共同组成长颈鹿式日晷。

天气热到叶子都反光如镜面。知了被惹怒，三角叶杨杨絮乱飞。两头灰色的西西里小驴已经神志不清，身上的印记仿佛十字糖霜面包。穿着蛙跳挽具的纤瘦小女孩像是小精灵似的悬在半空，体重轻得不足以触及脚下的绿色弹簧垫。重力或许是个不错的交友对象，但我发现他也是有偏爱的。三只矮胖的斑马正安心地吃草，因为猎豹住在无法越过的围栏之后。俄克拉何马州看上去像是博茨瓦纳，尤其是云朵和斑马的部分，但鉴于视野里的猎豹，你仍然

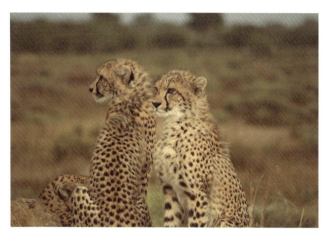

两只猎豹骄傲地坐着向外张望，挺起胸膛。图片来自维基共享资源

可以确认自己身处俄克拉何马。

在儿童动物园里，红肉垂猪用鼻子混合了一些泥浆——首先是泥土，再加些污水，接着再加一点泥土，最后搅合起来——扑倒在软泥中，有道缺口的大耳朵向前翻过来拍打着自己的眼睛。他的说明牌这样写道，当人们发现有脂肪含量更高的肉猪可供制作肥皂后，红肉垂猪的数量逐渐减少。还写到红肉垂猪在得克萨斯州有一些野生远亲，这些野生的得州远亲大概都放弃了肥皂制造业，转而全职从事泥浆制作了。在接触区，我试图接触一只超大的山羊，抚摸她生锈铁丝一般的毛发。她似乎毫无察觉。一只古怪的小山羊则一直跑来跑去撞在其他山羊的屁股上，这倒是肯定被注意到了。她显然比我更懂得如何建立深层次的联系。

一头灰熊把鼻子贴在窗户上，与对面的孩子大眼瞪小眼。她应该在同一个垃圾箱或露营地附近被发现过三次，规则即三振出局，人们是可以通过嘴唇上的刺青认出你的。灰熊的嗅觉如此强大，以至于即使被注入镇静剂，装箱到卡车上，运到三百英里以外，被教导留在此地以当地的瓢虫、越橘和野土豆为食，他们还是可以回到铅弹贝西烧烤酒吧的后门，翻遍那个举世无双的垃圾箱，完美无缺的垃坂箱，比所有垃圾箱都要好的垃圾箱。北极熊死了，所以塔尔萨动物园能够腾出空间迎接这位惯犯。

一头长着蓬松红色刘海和浓密睫毛的苏格兰高地奶牛呼吸粗重，长长的曲角来回摆动。动物的英文单词"animal"源自拉丁语中的一词"animalis"，意为"呼吸"。每当我经过大鳄龟的水箱，都会看到他趴在岩石斜坡上。我一直不理解他为什么永远都在同一个位置，直到有一天见到他把头伸出水面呼吸。他石板似的盔甲看上去坚固得足以抵御歌革和玛各[1]，但在这里，在塔尔萨的水族箱中，他需要抵御的只有小小的鱼类朋友和死亡，所以他便将自己安置在最便于呼吸的地方。

在点缀着两条短吻鳄和一座小屋的迷你河口附近，有一幅小型大使馆组成的三联画：沼泽、泥塘、湿地。代表湿地的树蛙叫个不停，紧紧贴在墙上。小小的泥塘大使则

---

1 歌革和玛各，是可憎的人类，是邪恶的土地，是斯基泰人的祖先或者是《启示录》中的部落，还可以是那位单身的英国巨人高格玛高格。无论到底是什么，都是需要避开的对象。——原注（Gog and Magog，《圣经》中的巨人族首领，后来也转化为地名、民族名；Scythian，斯基泰人，活动于公元前 8 世纪—公元前 3 世纪的伊朗语系游牧民族；Gogmagog 则是英国神话中的巨人。）

大剌剌地躺在泥浆中，牟氏水龟的说明牌上描述道"它们非常神秘"。如今，牟氏水龟不是唯一从蕨类泥沼被转移至公众眼前的神秘存在。代表沼泽出现的是只有我手掌这么大的星点龟，努力朝着窗户的方向游来，让人造红树林的根周围的水流翻腾不已。就在我来回走动的时候，他一路跟着我爬上了他的小河岸，转风车似的掉入水中，再游回玻璃处向我伸长脖子。如果他是代表外太空而不仅仅是一片沼泽的大使，又或者如果他只是一只按照设定程序机械地跟着人类游动的人造乌龟，那想必我们都会大吃一惊。

而在配有枯叶树枝的七边形雪景模型背后，一只雪白的猫头鹰从左到右又从右到左地转着自己的头。有两位路过的游客都不约而同地告知同伴，猫头鹰可以 360 度旋转自己的头，好奇这一只为什么没有那么做。一个大块头女孩敲着玻璃大喊道："这只猫头鹰好漂亮！"两名穿着短裤的青少年与电话另一头的人展开了一轮接力式对话："你坐过卡车吗?""我从来没有坐过卡车。""他说他从来没有坐过卡车。"接着又迎来了一队学龄前儿童。起初他们对于这只猫头鹰有自己的浴缸这件事感到兴奋，但这种兴奋很快转变为亚里士多德式风格，他们开始争辩那到底是浴缸还

雪鸮，约翰·古尔德（John Gould）、爱德华·李尔（Edward Lear）和查尔斯·约瑟夫·胡尔曼德尔（Charles Joseph Hullmandel）绘。明尼阿波利斯美术馆珍藏

是淋浴间。学龄前并不意味着没有一点学问。说明牌写道："雪鸮的活动范围包括整个北极圈。"

矮小的羚羊蜷缩在12英尺高的木栅栏阴影中，几名学龄前智者慢慢地从她身边走过。他们似乎是唯一不会不停问"那是什么？""什么鬼东西？""到底什么东西？"的人群——唯一不会因为"犬羚"这个答案失去对动物的兴趣的人。一个小男孩对着羚羊安静地招手，两个穿着黄色裙子的黑发双胞胎婴儿张大着嘴目不转睛，还有一个小女孩戴着金色心形的太阳眼镜坐在婴儿车里被推着走，快要离开时大喊"再见"。这些都让我理解了为什么只允许两岁儿童参加骑骆驼项目：

1. 骑手必须年满两岁，并能够安全抓稳设施
2. 禁止对骆驼做出踢、咬、吐口水或其他攻击性行为
3. 负载限制为300磅

两头绑着蓝色椅子的骆驼躺在帐篷下，耐心地等待着顾客上门。除了不会诉诸暴力的300磅以下两岁儿童，还有谁值得如此忠诚的动物背负前行？婴儿的纯洁心灵也符

合标准，但他们可能会摔下来。

在黑猩猩的屋子外，有一个红色金属制成，用螺栓固定在混凝土上的黑猩猩轮廓像。它看起来像是黑猩猩饼干的模具。一位女士让自己的女儿站在里面与黑猩猩的体型做比较："向前伸，把屁股撅起来。"黑猩猩的手臂很长，腿部很短，因此如果人类试图模仿他的体型需要扭曲自己。不过我也没有见过哪只黑猩猩能够真的塞进这个模具里，正在单脚尖旋转的波尔森不能，体型大的莫里斯也不能，虽然后者可以一只手接住飞过来的香蕉和柠檬。

我仿佛生活在解剖学专业的时代。动物园的说明牌上都是类似"叶猴的尾巴长达 43 英寸""黑猩猩的肌肉组织密度比我们更高""象牙是门牙"的文字。在大象表演的时候，游客会问："他们有多少根骨头？""他们有多少个脚趾？""他们有多少颗牙齿？"一头大象有四颗臼齿，与死去的大象一样。但死去的大象不能与此处的贡达相提并论，她可以享用花椰菜还有软管浴，她那特殊的雀斑会从泥水中显现。

身体结构是动物的身份证明，除了当我与非常了解动物的大象、巨龟、灰熊、黑猩猩、树懒的饲养员们交流时——他们不谈论骨头牙齿脚趾或者尾巴。他们只关心个性——大象彼此之间有什么区别，巨龟在无畏、粗鲁、暴躁、团结、母性及对人类的兴趣或反感方面有何不同。三辆构造相同的菲亚特也会有不一样的行事风格。一辆犹豫不决地缓行至药房；一辆飞驰到古罗马长袍派对；剩下一辆忘记加满油，越来越慢直到停下。

你可能会认为树懒的行动量不足以彼此区分，但泰很喜欢睡在水桶里，并且经过数月由甘薯组成的甜言蜜语，他也不介意饲养员修剪其卷曲的长指甲。唯一具有美元那般流通性的动物并不原生于地球——荧光鱼®[1]。你只能从零售商那里购买这些会发光的鱼，制造商会进行无菌处理。或许在此过程中有什么改变了他们：塔尔萨动物园所有的荧光鱼®都有一个共性——已故。

大象饲养员曾经工作过的一座动物园会带大象去森林或草地散步，他说如果你不集中注意力很容易跟丢，因为大象的脚步声非常安静。确实如此：我看着雄象在满是灰尘的院子里踱步，旋转着象鼻的末端，来回摇摆尾巴，扇

---

1 GloFish®，美国转基因发光观赏鱼品牌。

动三角形的耳朵，但我什么声音也听不到，真不愧是重力的宠儿，就像我也听不到眼前深紫色蝴蝶飞舞的声音。一个巨大无比，一个自由自在，但都无法被耳朵捕捉，逃避审视的方法显然不止一种。

在我离开动物园之前，有一个广告牌这么问道："你想吸引什么动物?"我思考了一下，确定在所有看过的动物中，最想吸引红肉垂猪和超大山羊，以及把下巴搁在原木上休息的绿色蜥蜴。我进入栖息地花园试图学习如何做到，但发现其中的方法更偏向吸引蟾蜍。"将陶罐倒放在湿地上等待蟾蜍。""大石块及石堆是蟾蜍绝佳的阴凉地。""用缓慢滴水的龙头吸引蟾蜍。"虽然我也乐于了解怎样取悦蟾蜍，但我走出动物园后，还是不知道什么样的人才能和猪、山羊、蜥蜴、犬羚、长臂猿、僧面猴、雪鸮亲近。当我来到停车场，准备开走我的菲亚特时，两只在车底躲避阳光的棕色小鸟——两只自由的俄克拉何马小鸟飞走了。

花、孔雀和昆虫，出自16世纪欧洲古书《了不起的书法古迹》

急板乐章

　　一开始是没有"土拨鼠"这个词的。那时没有土拨鼠的存在，也没有祖母或者事件协调员的存在。早期虽然也会发生事件，但它们就像通古斯大爆炸[1]那样缺乏规划。过去什么都没有，所以也就没有相应的词语。在某种程度上，词语缺失是一种理想的状态，因为如今的你在见到某些人的时候的确会只想让对方住嘴。我们的星球变得比其他星球唠叨得多，只有在与老鹰或天使相处时才有喘口气的机会。老鹰从不解释任何事情，不可见的天使也不健谈：可见性不是他们擅长的领域。

　　不过，你仍然时不时地会遇见既可见又健谈的存在；然后你便只想让对方住嘴。这永远不会在海王星上发生。

1　Tunguska Event，1908 年发生在俄罗斯西伯利亚埃文基自治区上空的神秘大爆炸事件。

除此之外，所有花朵，以及有关花朵的词语，让我们能够沉浸于野花的各种八卦，比如金防风过早开花，艾菊又怎么叛逆了，茄子如何爬上老实的植物，圆齿野芝麻昨天晚上在风中狂舞。（圆齿野芝麻的可见度异常之高。）

野花的丑闻也是可以谈论的。有的事情可以谈论，有的则不可以，就像有的事情是可能的，有的是不可能的，尽管不是每个人都清楚这一点。一年级学生希望长大后成为可能的存在——宇航员和消防员，但幼儿园的孩子想要变成猫头鹰、汽车和三明治。还有一些遥不可及的人士仍在谈论不可谈论的事情，比如：时间有多快？时间加上时间是什么？一小时有多少个瞬间，一下午又有多少个不远的将来？多少次快才能构成一次慢？

某一天，我找到一本勃拉姆斯[1]的钢琴曲谱，开始慢慢地，非常慢地，比缓板还要慢地弹奏一首幕间曲。我认为那首曲子在这种节奏下是最绝妙的，但后来我在广播里听到别人急速地演奏同一首幕间曲——我弹一遍的时间，她可以弹四遍。在这种情况下，四次快可以构成一次慢。

1　应指约翰内斯·勃拉姆斯（Johannes Brahms，1833—1897），德国浪漫主义作曲家。

我父亲九岁的时候，他的父母让他在教会演唱《圣城》这首歌，还有他四岁的弟弟丹尼负责踩动自动钢琴的踏板。起初歌曲正常演唱着，但到了后来，丹尼便坚持不下去了，踩踏的速度越来越慢，父亲本杰也不得不越唱越慢，直到"耶——唉唉唉路撒——啊啊啊冷，耶哎哎哎——"这个词唱到一半时戛然而止，观众放声大笑。接着丹尼又找回了力量，歌曲继续，之后又再次放慢，停了下来。

　　时间似乎就是这么不稳定，一会儿比急板更快，一会儿又比缓板更慢，而我们总是不得不想方设法地跟上速度或放慢到令人尴尬的节奏。不过无论或快或慢，还是断断续续，一首歌曲总会结束。一个小时也像一首歌那样，终会过去。许多事情都有着三叠纪[1]时代的特征。孟德斯鸠为自己命名，蚊子[2]也是如此。温泉部落的人们从冬天居住的村庄搬到夏天居住的村庄再搬回去。冰柱被动地形成，

1　Triassic，公元前 2.5 亿至公元前 2 亿年的地质时期，位于二叠纪和侏罗纪之间，其开始和结束各以一次灭绝事件为标志，也有许多生物在这一时期形成。

2　英文单词"mosquito"来源于西葡语，词根为拉丁语中的"musca"（飞），原始印欧词根为 mu，是蚊虫飞行嗡嗡声的拟声词。据说，蚊子最早出现在三叠纪。

又被动地融化。有些人失去了自己的名声，有些人则失去了自己的独木舟。牛仔失去了牛，成为孤独的"仔"。民族诞生，接着扩散蔓延。与此同时，长颈鹿的表现过于良好以至于我们将他们忘得一干二净。你还会发现有的人整晚阅读着《他们为什么不听?》[1] 之类的宣传册。时钟一丝不苟地嘀嗒作响。人们周而复始地打着招呼出现，又周而复始地说完再见后消失。普遍性不断得到补充，但你从未真正与普遍性问好或告别。

对于所有已经发生的事情而言，更多事情并没有发生。许多人没有出现，许多人出现了但只是昙花一现。埃克哈特大师[2]不是昙花，但也没有开上玛莎拉蒂[3]。将通古斯的所有森林夷为平地的事件没有影响到德里、基多[4]或康涅狄格州的温斯特德。甚至玛莎拉蒂出现之后，也没有影响到所有人的认知，就像同样没有多少人知道五十雀一样。

1　真实存在的宣传册，真实表达的态度。——原注（的确有题为 "Why Won't They Listen?" 的基督教传教读物。）

2　Meister Eckhart（约 1260—1327），中世纪德国神学家、哲学家和神秘主义者。

3　如果昙花能够理解什么是玛莎拉蒂，前者会把后者变成闪闪发光的大花盆。——原注

4　分别为印度和厄瓜多尔的首都。

野蔷薇和飞蛾，出自 16 世纪欧洲古书《了不起的书法古迹》

许多人一直未能拜读《白鲸记》，所以他们也永远不会意识到生活中的一切都是在为阅读这本书做准备。

而一切正在发生以及尚未发生的事情让我们来到了此时此刻——比教会寿命短得多的猫跑来跑去，比教会历史更悠久的树木屹立不倒。[1] 然而我们仍对时间一无所知。在无数时间过去以后，依然对时间一无所知。不过可能有些事情要等到你被叫作祖母时才会明白，比如时间的节奏，比如祖父母们总是念叨的"时间过得太快了"。或许所有的慢能够累积成一次快。或许这就像是手握着一杯水坐在花园里，某个激动不已的人跑过来告诉我们："水是蓝的，水是蓝的，看到了吗？水是蓝的。"但当我们看向杯子，水并不是蓝色的——它看起来是透明的，就像是稀释剂一样。我们把它加进威士忌，加进牛奶，使之更加清澈、清淡，喝上去更接近清水的味道。只有一样东西是水稀释不了的，那就是水本身。水加上水再加上水就会变成蓝色。越来越深，越来越蓝。

---

1 许多令人厌烦的猫跑来跑去，许多令人厌烦的教会屹立不倒，树木往往不会令人厌烦。——原注

啊，纬度

"我喜欢年少时光。"写于公元前 420 年的《赫拉克勒斯》里的合唱团这么说道。[1] 而如今人们仍在吟唱自己有多么喜欢年少时光，坚持认为总有一天年轻人也会喜欢年少时光。没有人会走到长者面前，宣称自己喜欢年迈时光[2]，或者即使有人这样做了，你也听不到看不见。我认识一头熊，他就一点也不喜欢年少时光。他在出生后的第一个冬天为自己建造了巢穴，却不够大，所以冬眠的时候只能全程把屁股露在外面。

鸭嘴兽可能也会说"我喜欢年少时光"，因为比起鸭嘴

---

1 应指欧里庇得斯的作品，合唱团全称为"底比斯长者合唱团"。
2 我家里住着一只拿着篮球的玩具兔子，我被告知，她喜欢除了死亡之外的一切。她还有个朋友是马可罗尼企鹅，这位甚至喜欢包括死亡在内的一切。她不仅会说我喜欢年少时光或年迈时光，还会说我喜欢死亡。——原注

兽，人类就像是不懂事的孩子。鸭嘴兽可以对我们倚老卖老，反之则不然。如果我们也想倚老卖老，那就考虑一下矮牵牛。矮牵牛的资历极为浅薄，十九世纪才开始被栽培。（矮牵牛的父母来自阿根廷的荒野。）不过，尽管矮牵牛年纪轻轻缺乏经验，但我也曾见过她在风暴过后重新振作的样子。我想如果南边那座超级火山爆发，矮牵牛也只会漫不经心地抖掉自己紫衣上的灰烬。

黄石公园的蜻蜓悠哉游哉地绕着超级火山飞行，漫不经心的程度会让你误以为他们也超级年轻，但实际上他们已经有三亿年的历史了，在那期间也已见证过不少次超级火山的喷发。或许这就是为什么他们的头部全是眼球。总之，火焰蜻蜓、樱桃面赤蜻、山金光伪蜻并没有编成大部队有组织地迎接下一次超级火山爆发，而是前前后后、上上下下或原地不动地嗡嗡飞行。他们有着长者般的游刃有余。

超级火山的表面之下有着超级秘密——沸腾的岩浆和炽热的黏稠晶体。秘密在地表上的表现形式是深蓝的水池、形态极具实验性的岩石、咕咕冒泡的泥浆，以及彩虹般的蒸汽。从远处眺望大棱镜彩泉，你会看到各种红色、绿色、

火山喷发，图片来自维基共享资源

橙色的蒸汽腾空而起。蒸汽由超级火山释放，颜色折射自温泉里的泳者。[1]

当然，在泳池经营领域，传统上是应当保证水质"安全"的，即酸碱度 7.4，温度保持在 83—86 华氏度，以"使游泳者感到舒适"。不过，这取决于你是哪一类泳者——如果你脆弱、吵闹，体型大，表皮为肉色或棕色，那么这个标准是合理的。如果泳池的水高达 450 华氏度，酸碱度为 2，堪比柠檬汁，那么其中的泳者便是绿色或橙色的渺小存在，顽强又安静。

极端的泳池吸引的也是极端的顾客，这里不再讲究什么适中缓和。超级火山不喷发的时候可能才是最辉煌的。暗藏的秘密是创造力的引擎，黄石公园的超级火山就蕴藏着许多华丽的秘密。由于这些秘密没有爆发出来，永远是将露未露的，池塘因此虚张声势地呈现出蓝绿色、赤褐色、石灰色，岩石则充满了想象力——有的像蜂巢，有的像猛犸象，有的像是海胆、大象，还有各种岩柱奇形怪状。没有秘密的风景是枯燥乏味的。

1　指的是大棱镜彩泉中因水温不同而繁衍起来的不同颜色的细菌。

岩柱是富有想象力的岩石，人形的石柱戴着一顶坚硬的石灰岩小帽子，以防下方更柔软的沙质躯干受到侵蚀。其实黄石公园的岩柱在严格意义上不是岩柱而是从山上滚落的巨石。不过他们的形态很像岩柱，而岩柱的形态又很像街头恶棍。岩柱与恶棍的相似性不仅是外在的，更是深层次的：因为恶棍不仅仅是恶棍，岩柱也不仅仅是岩柱。这便是岩柱和恶棍都永远不会令人失望的原因。

　　沙丘鹤从亚利桑那飞到黄石，在超级火山上诞下后代。这样的后代是有目的地的后代。沙丘鹤一定知道自己在做什么，因为他们就像蜻蜓一样历史悠久，可以追溯至更新世[1]，这一时期出现过的人类如今已经灭绝。事实证明，这些人类仿佛车辆的第五个轮子——现在谁会在乎他们？谁会关心第五个轮子脱落了呢？或许他们之所以灭绝是因为缺乏耐心。沙丘鹤的耐心能够体现在暴风雪中孵蛋的母鹤身上。雪花在她的翅膀上堆积，直至脖颈、眼睛，幼鸟

---

1 Pleistocene，亦称为洪积世。

却对外界一无所知。[1] 母鹤就像蒙特威尔第[2]一样擅长忍耐，后者有严重的头痛症，但你不会从他的音乐中发现任何异样。在此向所有雪中孵蛋的母亲致敬。

我们的母亲——世界——年纪已经非常大了，而正如那些年长又盲目的父母——亚伯拉罕·林肯、上帝、矮牵牛——一样，她相当包容。她给予我们足够的经度与纬度，以及无数包容性的例证。新鲜冒泡的温泉让我们能够冒出新鲜的想法，硫黄池让我们能够流出硫黄般恶臭的想法。冬天则让我们的脑内黑暗冰冷，尤其当我们的巢穴不足以包裹住屁股时。

蛞蝓让我们可以像蛞蝓一样行动迟缓，榆木让我们可以成为榆木疙瘩，野牛则让我们可以顶着缠满刺柏枝的毛发四处闲逛。郊狼赋予我们咬人的权利，蜻蜓赋予我们在火山的巨大爆发中原地不动地嗡嗡飞行的权利。矮牵牛允许我们变得异常年轻，鸭嘴兽允许我们变得异常年迈，以

---

1 她很耐心，很坚忍，不会因为我们的玩笑松懈。当然，不会因为玩笑松懈也不一定是坚忍的证据，可能只是因为我们的笑话不够好笑。——原注
2 Claudio Monteverdi（1567—1643），意大利歌剧作曲家。

这张照片拍摄于莫纳乌鲁火山喷发期间。莫纳乌鲁火山的爆发从 1969
年 5 月持续到 1974 年 7 月，期间喷发了惊人的岩浆喷泉，以及倾泻而
下的岩浆瀑布，最终让夏威夷大岛的面积增加了 93 万平方米

及异常地异常。

爆发的火山让我们也有权随时爆发，即使你已经不再是三岁小孩，或已然百万岁高龄。爆发是合法权利，在任何年纪都趣味盎然。不过黄石公园的火山多年没有喷发，这令我不禁有感，抑制超级火山式的能量，使之在表面的泥浆、水彩、琶音、斯普莫尼[1]或任意媒介中冒着泡呈现，或许比爆发本身更有意思。或许比起向天空喷射火热的熔岩，用三英尺厚的灰烬覆盖蒙大拿州，烧尽整个怀俄明州钟爱的林地动物；抑制一座火山，并谱写一曲由气体、泡泡、泥浆组成的欢乐颂才是更好的选择。

---

1 spumoni，意大利语，意为"泡泡"，指一种冰糕。

礼　物

[老虎] 可以与人共存，无影无形，不被察觉。

——菲奥娜·桑奎斯特与梅尔·桑奎斯特，

《野猫之书》

　　新生儿会收到的礼物包括且不限于安抚奶嘴、小毛毯、褓褓、睡袋、配有猫头鹰兜帽的迷你浴巾、印着美人鱼图案的树脂盘子、科普瓢虫的布书、婴儿吊篮、可以播放摇篮曲及发出嗖嗖声的机械秋千。大多数礼物都是有趣且安全的——内置手电筒的安全指甲钳，婴儿床的安全横档能够防止卡头，如果洗澡水过烫安全鸭子的底部会显示"烫"。这个世界到处都是开水和三英尺的落差，新生儿唤醒了人们体内的父性母性叔叔性阿姨性，纷纷不远万里地带着小袜子小帽子小鸭子来到她身边。

不过总有人会赠送意外的礼物——多余的、反常的礼物——没有经过第三方检测因此绝不可能符合联邦安全标准的礼物，一只老虎。不是玩具老虎，而是真的老虎，体型巨大，沉默不语，它的条纹同时也是无影无形的。这些深色的条纹打破了老虎的轮廓，所以它看起来就像沙发旁边的阳光碎片。人们很容易忽略所有礼物背后看不见的那一件，但每个新生儿都会得到它：巴拿马的新生儿，伊普西兰蒂[1]的新生儿，过去的新生儿，别无所求的新生儿，包括时间在内无所不求的新生儿。我刚刚来到十四世纪，脚边也躺着一只地毯似的老虎。如蜡烛般转瞬即熄的早夭儿都会获得老虎。

父母也许会忘记婴儿收到的来自父母之外的礼物，唱摇篮曲的时候也不会提道："乖乖睡，不要哭，快睡吧，小宝贝〔身边有老虎〕。"然而所有降生在这个世界的新生儿都会收到这只野生动物。我们用"野"这个字眼形容人类时，通常联想到的是吵闹、疯狂，比如站在桌子上跳舞的人，而不是角落里想着回家炖菜的人。但如果用来形容动

---

1 Ypsilanti，美国密歇根州的城市。

《老虎和水牛的搏斗》，亨利·卢梭绘。克利夫兰艺术博物馆珍藏

物，那么"野"一般意味着沉默寡言。为猞猁、鹭和河狸鼠举办一个聚会，大部分宾客会抱着墙壁，尾巴几乎一动不动，只顾着修理自己身上奇怪的毛球。可能会有几只水獭头上顶着垃圾桶跑来跑去，但大多数野生动物都不是派对动物，而是壁花。

壁花和焦点之间的普世平衡通常运转良好，毕竟我们也只有那么多注意力能被吸引。想象一下，如果沙钱海胆也企图获得众人瞩目会怎么样。唯一的问题是我们有时候难以记住文化之外的存在，比如星辰。或许进入大学的你认为自己能够了解宇宙，却发现星辰被扫进地毯下面，文化在桌上舞蹈。如果论及国家，那星辰更是大忌。与国家交谈的时候千万不要提起星辰，国家非常敏感，不喜欢思考任何不可国有化的事物，谈话范围仅限旗帜、雕像、民意调查、战争、金钱、峰会、领导人。只论行程[1]，不谈星辰。把星辰留给幼鳗[2]吧。幼鳗不是地方主义者[3]，你可

---

1 原文为沙皇（tsar），因为与星辰（star）的英文拼写类似，此处考虑文字游戏效果故作改译。

2 鳗鱼幼崽，与精灵没有任何关系。——原注（幼鳗的英文拼写elver与精灵的复数形式elves类似。）

3 地方主义者对他们的孩子说道："我可没有把你培养成天文学家。"——原注

以与他们讨论任何事情。

国家就像父母一样，也会忘记子民拥有某些来自国家以外的东西。不过分配给婴儿的老虎并不比月亮更具国家属性。[1] 即便是最具西班牙性的新生儿拥有的也是全宇宙统一标准的老虎——而且并不仅仅是在短暂的婴儿时期。[2] 西班牙人、叙利亚人、小号演奏者、馅饼大亨、名叫艾伯丁的人、针线工、面条工、抱着小乔治走下大厅的大乔治——所有人都被平凡又稀有的生物尾随。

老虎平凡是因为每个人都有一只，稀有是因为每个人只有一只。"一"是多么令人困惑的数字。对于渴望成为凤尾鱼（集群智能体的一员）的人们来说，拥有一只孤零零、不可分享的老虎是极其不安的。同样让人感到不安的是无法查看老虎的生产和流通过程。你看不到卡车倒行至老虎农场内，装车后沿着高速公路飞驰，再到商店门口卸货，

---

1 除了老虎之外，其他不具有国家属性的礼物有：箱式阳光、袋装草地、用麻绳捆在一起的闪电、一桶雨水、一篮星星，以及一群跳个不停的小鸟。——原注

2 所有婴儿的时间都很紧张，尽管他们的时代并没有从身下被生拉硬拽出来。起初他们学会了嘟嘟囔囔、跌跌撞撞，以及按响喇叭，接着开始经历一段精神失常的时期，之后越来越不正常，直到他们计划成为投资者。——原注

老虎被摆放在婴儿车座、配方奶、尿布旁的货架上。在那里，你可以选择一只性情和生产地最适合你的，哄诱进购物车，再放到传送带上结账。你不可以选择自己的老虎，也不可以为自己的孩子选择老虎，更不可以把它换成小鸡大小的动物。

我们很难停止顾客式的思维方式。无论如何，你并没有购买的老虎一直尾随着你，无法摆脱，不受约束。她不花费任何钱财，不听从任何指令，也不会约束你——老虎不是保姆型动物。所以如果你想成为伦巴舞者，你的老虎会在你练习盒步时躺在一旁，模拟阳光的形态。如果你决定跋涉大迪斯默尔沼泽[1]，她会在你身后蹒跚前行，在水面上荡起波纹。如果你搬到郊区，她也会跟着你一起体验生活，用柔软无声的大爪子小心翼翼地蹬起三轮车。她几乎可以让你觉得这世上没有错误的道路。

高速公路上写着"生命是奇迹"的广告牌配图，通常是拥有一双星眸的婴儿，而不是疲惫的中年人或奶牛、仙

---

[1] 大迪斯默尔沼泽吸引了水獭、柏树、火炬松、光滑冬青果、渔夫、多花紫树、小麝龟、红猫、船员和牛蛙，但没有多少新婚女子。——原注（Great Dismal Swamp，位于美国弗吉尼亚州东南和北卡罗来纳州东北部沿海平原上。）

人果。当然，奶牛已被其他广告牌录用，但仙人果意外地未被充分利用。中年人从不会出现在广告牌上倒是意料之内的事情。我们的眼睛里不再有星辰，都是土地。或许我们可以登上"生活是忍耐"或者"我还活着真是奇迹"的广告牌。

　　我们身处奇迹中途，在社会上占据一席之地，却总是忘记文化之外、无关政治、不涉商业的老虎。这并不是说老虎就是完全无辜的，毕竟他们如此擅长被遗忘。海狸用光滑宽大的尾巴发出声音，汤姆·威兹[1]用扩音器和锡罐发出声音，老虎枕头般的大爪子发不出任何声音。他们在雪地里沿着鹿径行走，所以不会在地面上发出嘎吱嘎吱的声音。偶尔，在光怪陆离的梦境或汤姆·威兹的歌曲之后，我们感受到了他们的存在，试图转身直视那火褐色的眼睛，但往往我们总是不断转身，转身。

　　即便如此，院子里那道特别绿的草痕仍像是某种暗示。以及有的时候也会有一种静谧，不像是老鼠而像是老虎，仿佛有什么东西正在伺机而动。通常人们会向上级请教：

1　Tom Waits（1949— ），美国艺人。

小孩请教大人，大人请教专业人士。有些人会请教世界之主札格纳特[1]，将自己置于他的车轮之下。很少有人会请教婴儿，将自己置于婴儿车轮之下。但长大成人前的婴儿，他们的昏昏欲睡、无拘无束、严肃认真，他们留给我们的余地——允许我们为之穿上荷叶裙、小鸭子套装、香蕉服，专注于我们看不见的事物的方式——或许他们端详所有礼物背后的反常礼物的方式，令他们优于专业人士，优于世界之主，因为他们尚未遭受生活的伏击。

---

1 Jagannath，印度教大神黑天的化身之一。信徒会将神像置于车上，将自己置于车轮下以祈获得救赎。

豌豆和灯笼草，出自 16 世纪欧洲古书《了不起的书法古迹》

绿衣人 [1]

　　看着正从地底下冒出来的这些喇叭、拖鞋、星星 [2]，你可能会觉得地球储藏了各种鲜花，地面之下是一座花朵仓库，一排排的罂粟花叠放在一排排的福禄考上面。如果你能找到入口，会发现仓库员工正在那里整理清点库存，用叉车运输托盘，等到天气如四月般温暖时就将花朵从泥土中扒拉出来。如果不是仓库，东西又要存放在哪里呢？

　　然而地球内部并没有充满鲜花，只有片岩、铌钇矿和尸骨，还有密度高到可恶的硬底层会使你的丁字镐、铁撬棍开裂，手持风钻粉碎。接着是重达百万磅的挖土机，最后是两百万磅的挖土机，因为你试图用较大的那台把较小

1　green man，旧时用以代指大自然或收获。
2　应分别指喇叭花（牵牛花）、拖鞋花（红雀珊瑚开的花）、星星花（茑萝松开的花）。

飞燕草。威廉·莫里斯绘。史密森尼学会珍藏

的拖出来，结果较大的那台的分流箱也开始喷油，自掘坟墓。

　　地球无疑是令人失望的生存基底——不仅对于手持风钻和挖土机来说是如此，对于扑通落在沙漠上的牧豆树小豆子也是如此。那个恶魔般的玩笑是怎么说的？把它们扔在烤盘上，吩咐它们好好生长。实际上不是恶魔而是奶牛，并且奶牛不开玩笑，只会扔下粪球，然后心满意足地离开。豆子只能自己听命于自己，做自己的铲子和铲工，准备自己的码尺，以丈量水源与自己之间的距离。

　　如果距离是你唯一遇到的问题，你可以像六足动物那样一步步爬行到目的地。不过通常来说，还有方向的问题——你想要的东西乱七八糟地分散在世界各地，可能在深不可测的斜坡，也可能隔着遥不可及的间距。找到它们不仅需要决心还需要狂妄。牧豆树的根系向着各个方向探险，为了找寻水源将地面搅了个天翻地覆。（牧豆树曾被称作"有根的魔鬼"，但这显然属于用词不当，因为魔鬼只能直线行进。日式之字桥的设计就是考虑到了这一点。[1]）

1　魔鬼只能沿直线移动，所以如果你以之字形路线抵达溪流对岸，就可以摆脱身后所有穿着紧身裤的小鬼。妙哉！——原注

如果树根能像魔杖那样感知水源的地点就好了，但是它们并没有比码尺更具预知能力。树根向地下生长，唯一的能力是穿刺，逐粒地移动着土地，乏味、缓慢、费力，不含任何魔法成分。如果地球是你的基底，那么它永远是你的基底。

等你在黑暗中穿刺了一阵之后，便会碰到硬底层了，这让你目前看上去毫无进展——到处都是损伤，到处都是挫败——你甚至想干脆停下来。"够了！为什么我要浪费时间在黑暗里晕头转向，找寻可能根本不存在的东西？"回答的声音会急于证明水是一个牵强的概念，你可以放弃这折磨的重负，他们的联盟欢迎你的加入。"我们也曾经历过对水源的那种不成熟的渴求，后来才懂得并学会了只在意可以获得的事物。放弃痛苦不安，放弃欲望，放弃独自与岩石搏斗。"他们是固执己见的逝者，没有深入挖掘，却自以为洞悉一切。他们咂巴着颌骨，留下一罐尘土。

不过只要经过足够的时间，希望便不再胆怯羞涩毕恭毕敬，不会在你被另外的生活替代方案吸引时被轻易压制。当希望还是个婴儿的时候，你可以将它放在睡袋里摇晃，或者把它裹在班卓琴盒中。但随着时间过去，努力堆积，希望逐渐丰满、越来越大——像皮克特[1]国王一样大。就算你厌倦了他那稀奇古怪的竞选活动，但皮克特国王也不会再回到班卓琴盒里去了。

当然，有些情况下所需的希望比较叛逆。居住在舒适的阿查法拉亚河[2]流域的多花紫树不需要希望，因为每隔一小时就会有阵雨降落在他们的枝条上。地球于他们而言只是扎根的小土墩。墨西哥索诺拉州的圣丽塔仙人掌可以在雨水来临前尽情休眠，等到下雨时再伸出根系啜饮。还有松萝凤梨这类气生植物[3]甚至完全不需要与地面产生任何交集，他们像是精灵一样自由自在，从树枝上披落下来，晃荡着根须，在梦幻般的迷雾中饮水。

有的人清晨打开房门后，会有几十个天使涌进来，数量多到人们不得不想办法安排一些琐事给他们做，比如抚摸仓鼠或抛光顶针。还有的人如果获得了天使，那一定是

---

1 Pictish，数世纪前，先于盖尔人居住于福斯河以北的皮克塔维亚；也是加勒多尼亚（现今的苏格兰）的原住民。

2 Atchafalaya River，美国红河和密西西比河支流。

3 气生植物会被用来制作空气吉他，你可以从吉他曲中听出这一点。但当小提琴还是枫树的时候，他们的根系是很深的；当然还有大号，天生就在深处。——原注

逃逸的天使、疏离的天使，他们必须到野外去追捕他，整夜躲在巨石背后埋伏，等着将他扑倒在地，用厚重的靴子踩在他巨大的珍珠白羽翼上，强求一点帮助。

地球就是这样一个持有敌对姿态的天使，对于某些居民而言，它的帮助是那么不可求。海底会有淡水，但谁的根系能够抵达那里？奥加拉拉地下蓄水层[1]位于得克萨斯州、堪萨斯州及内布拉斯加州的下方，但部分分布在地表下一百英尺的深处，部分甚至深入四百英尺。人们说困难是一种邀请，这是否意味着越困难邀请便越诚挚呢？那么不可能是否是最深切的邀请？牧豆树的树根穿过了硬底层，与这个星球奋战到底："在你保佑我之前，我绝对不会放过你！"

鉴于这种坚决态度，牧豆树被裁定为砍伐类树木，很少能够参加草坪派对。观赏树木则深谙加入草坪派对的方法，以及如何与有影响力的朋友交往：让朋友觉得自己有影响力。他们向扭曲的方向伸出枝条，或者在某一边多长出十一片叶子，然后喊道："哟呼，注意了！我的造型处于

1　Ogallala Aquifer，为美国八个州供给淡水的含水地层。

危险之中！"然后朋友们便会赶来移除多余的部分。花枝招展的树木从躯干到枝条都得到了悉心的照料，有影响力的人会处理那些有待修复的问题，细节问题、轮廓问题、形态问题。

牧豆树无法让他人觉察到自己有影响力，因为谁都无法影响他。你无法阻止他不停地乱扔豆子，或是用三英寸的树刺抓伤你的牛。你几乎无法买卖他，移植他，或是杀死他：无论是启用推土机、沉重的铁链，还是火焰，都会被他一笑置之，因为他是顽固的化身。砍伐化身，化身重塑。斩断他可见的存在，在他的坟墓上跳舞，不用多久，你就会发现自己脚下是他那绿色的新芽，再往上是强健的肢体，除非你是火鸡，不然在树木怀里跳舞是多么尴尬的行为。

这也是为什么只有火鸡和其他奇形怪状的生物会喜欢牧豆树。他那蕾丝边式的树荫和苦中带甜的豆子吸引了野猪、囊鼠、豪猪、某些疯疯癫癫的得州人，以及大鸣角鸮。在大鸣角鸮看来，优质的派对不是发现与被发现的场合，而是发现与不被发现。在牧豆树羽毛状的树皮上，小小的大鸣角鸮可以假装自己不存在，专心思考一些有的没的。

牧豆树的联盟就这么形成了：不是死尸联盟，也不是影响力联盟，而是享乐者联盟。联盟在汇聚之前并没有自我，之后才引发出自我，拥有大量地下轮廓的坚定自我。错误是麻烦，是自由，也是历练。如果你有一把永不落空的无误标枪，你只需投掷一次；但如果是错误标枪，你会因为一次次过远或太近的投掷，不断地在刺柏丛中翻找它，而变得更加强大。看着牧豆树笨手笨脚地埋头苦干，你可能会觉得他不苟言笑。但如果他收获了水源，那么他就是个满面春风的绿衣人，在沙漠中植树造林。与所有豆类一样，牧豆树向地面输送氮素，将焦黄色的废墟转化成狂热老鼠的绿色空间。

然而天气是不会消失的。蓄水层每年下沉五英尺，有时候你从暴风雨中得到的只有风而已。干旱迫使牧豆树抛弃自己的叶子、同盟，重新开始翻找。他可能会遇到水源，也可能会将主根伸得极长，却仍然离目标很远，错误无穷无尽。一路摸索，一无所获。相比画眉飞向瓦加杜古[1]的自由，猎犬在山丘奔跑的自由，征服西哥特人[2]的自由，

---

1 Ouagadougou，布基纳法索的首都。
2 Visigoth，西哥特人属于哥特人，是东日耳曼人的一支。

找不到水源的自由的确听上去悲惨至极。但是挖掘自己争议不断的道路是这株多刺小树被赋予的自由。如果 160 英尺厚的土地介于他与乌有之间，如果他最终找到的不是奥加拉拉，而是恶劣地打着哈欠的铜矿——他仍然拥有在心中安置异端绿意的自由，直到最后一刺。尽管他已经吞下了几桶泥土，但也绝不会将之错认为水源。

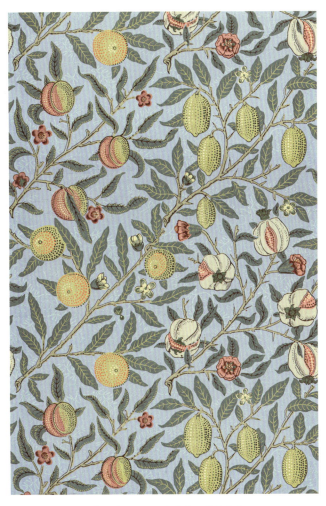

水果复古插画，威廉·莫里斯绘。史密森尼学会珍藏

现代驼鹿

　　最近，部分思想超前的动物正重新审视自己对地球的信仰。在其甜蜜的青壮年时期，地球还是很有趣的，但现在的她体弱多病、乌烟瘴气、喜怒无常、千疮百孔、疲惫不堪。地球的衰败让这些动物感到些许沮丧甚至厌恶。他们试图在她彻底毁灭之前另寻出路，将注意力转移至火星或大麦哲伦星云之类的地方，那里含有大量未开发的稀有物质且不会受到香蕉枯萎病的影响。实际上，这类新派动物已经开始用蹄子涉足天空这一领域了：如果他们对地球说"好的"，那也是模棱两可的"好的"，只要有机会飞向更好的地方就会立刻反悔。

　　尽管火星如此迷人，并不是所有的现代动物都迫不及待地离开地球。有一些仍在与海洋、树木、俄罗斯冻原纠缠，还有一些似乎对定居太空漠不关心。以现代驼鹿为例：

他派遣人员去月球侦察了吗？他对星际飞船表示有兴趣吗？他有没有在反重力回旋装置里进行培训？没有，没有，还是没有。不过，驼鹿先生与马斯克先生[1]一样超前，必须受到同等尊重。托马斯·萨尔蒙[2]在其1744年出版的著作《现代历史：各民族现状》中提到了驼鹿在意的东西：驼鹿喜欢咀嚼幼小的灌木，"但最喜欢咀嚼的是水生植物，尤其是我们的池塘、河边盛产的一种野生款冬和百合，驼鹿会不畏深远地涉水觅之"。

以驼鹿的鹿角大小而论，他无论如何都做不到行动敏捷。当骨头第一次从额头冒出来的时候，小驼鹿可能以为它会长成妥帖且添彩的部件，比如平顶圆帽。他的角可能会是装饰角、派对角，或是长颈鹿那样的风情角、美洲羚羊那时尚如阿玛尼风格的叉角。但那些突起长成了尖刺，蔓延分叉不断生长，告别了装饰、风情、添彩，离妥帖越来越远。（妥帖的角属于妥帖的物种，妥帖的物种也会对妥帖的角激动不已。）最后它们甚至越过了合理的界限：驼鹿

---

1 埃隆·马斯克（Elon Musk，1971— ），其旗下公司太空探索技术（SpaceX）开启了太空运载的私人运营时代。
2 Thomas Salmon（1679—1767），英国学者。

头上树枝般的角过于沉重，这导致他一旦将头低向地面，便极有可能再也无法抬起。

重达七十磅的鹿角似乎是某种确认，执着地用夸张的重量使驼鹿附着在地球上，承诺道："好的，毫无疑问；好的，全心全意。好的，即使它让我脸朝地砸进泥里；好的，即使其余的我全部消失；好的，即使我的肯定分裂破碎变形。好的，好的，还是好的。"如果你有翅膀，你的希望可以飞至别处——远在高空。但坚实的骨头组成的翅膀蔑视飞翔：你的希望只能留在原地。

当然，驼鹿与雷斯庇基[1]无异，并没有自主选择这种肯定。出生——从妈妈的肚子里来到地球上——是一种机缘，在弟弟出生后被妈妈抛弃也是一种机缘，在额头上顶着交叉的大角更是一种机缘。真正的肯定就是会压垮你，比如痛苦、悲伤，比如爱人的疯狂誓言——即便对方遇到了更好的人也不得打破。"我，欧亚驼鹿[2]，选择你——地球，成为我的星球，从今天开始，无论祸福贵贱、疾病或

1　应指奥托里诺·雷斯庇基（Ottorino Respighi，1879—1936），意大利作曲家。代表作有《罗马的喷泉》《罗马的松树》《罗马的节日》。
2　Alces alces，驼鹿的学名。

1.

2.

Fournier sc.

1ʳᵉ SÉRIE. QUADRUPÈDES SANS OS MARSUPIAUX (I. G. St Hil.)

7ᵐᵉ Ordre. | 1. *Chevrotain.* (Moschus pygmæus, Linné.) ⁷⁄₄ de gr. nat.
RUMINANTS. | 2. *Élan* (Cervus alces, Linné.) ¹⁄₁₅ de grandeur naturelle.

麋鹿与驼鹿，出自博物学经典著作《地球和大自然的历史》

健康，我都会珍视爱护你，永远拥有你，直至死亡将我们分开。"好的，长满水生植物的池塘；好的，水生植物凋敝的池塘；好的，池塘曾经所在的地坑。好的，健康的你；好的，生病的你；好的，繁荣的你；好的，受挫的你。纵使美好的时光已经过去，纵使你不再长有我喜欢的款冬和百合，好的，地球，我的地球，因为我也并不想要寻找更好的去处。

Cœlebre autem relictis Judeis habitaturus In affectibus gentium templum dominus ascendit. Hoc enim est templum verum: In quo non In litera: Sed in spiritu dominus Adoratur. Hoc Dei templum est: quod fidei series, non lapidum structura As dauit. Reseruntur Ergo qui adorant: Eliguntur Qui ama turi Erant. Et Deo admontem venit Oliueti: ut nouellas Oliuas In sublimi virtutum plantaret: quarum Dater Est Illa, quæ sursum est Hierusalem: dominus mecum est.

铰叶剪秋罗、贻贝与瓢虫，出自 16 世纪欧洲古书《了不起的书法古迹》

醒来的沉睡者

　　人们常说墨丘利变幻莫测，但维纳斯同样多才多艺。[1]
她既是昏星，也是晨星；[2] 是沼泽植物[3]，也是穴居软体动
物[4]，还是爱情女神。而在她成为爱情女神之前，她曾是
家庭菜园的女神。目前负责动摇人心的她，原来受雇维持
紫叶菊苣的稳定。那时，她的生活节奏与植物一致，维纳
斯看着，等着，狠狠盯着鼹鼠，以协助球芽甘蓝的生长，
因此比利时人来访时我们总有食物可以招待。[5] 在这一身

1　均出自罗马神话，英文分别为 Mercury 和 Venus，都具有一词多义
　　的特征。
2　英文分别为 evening star 与 morning star，指日落后在天空西部所
　　见的金星及日出前在东部所见的金星。
3　指睡莲品种维纳斯（Nymphaea 'Venus'）。
4　指维纳斯帘蛤。
5　球芽甘蓝英文名为 Brussels sprout，字面直译为布鲁塞尔菜芽，也
　　的确最早种植于比利时首都布鲁塞尔。

份下，维纳斯是默默无闻的女神——或者说仅拥有威莉·温基[1]级别的声望，只能确保蔬菜乖乖入睡。不过，后来的维纳斯应当庆幸自己曾是一名园丁，这段经历让她懂得如何在失去爱人时用生菜安慰自己。在爱情之外，积累有关生菜、菊苣、细叶芹的经验，是多么有益的事情。

如今，我们不得不成为自己菜园的女神，自行解决捣乱的鼹鼠和疯长的马齿苋。做女神可能是很乏味的事。在照看了几百年的欧洲防风草之后，维纳斯正忙于连根拔起人心，抛向空中，或是绑在跷跷板、过山车、跳楼机上。为了保持机动性，维纳斯保留了她的部分其他职务，分别是蛤蜊、食肉植物和行星。作为行星，维纳斯行动迟缓、环境恶劣。金星上的一天比一年还要长[2]，云朵内都是电池所用的酸性溶液，日夜温度始终维持在 870 华氏度左右。她的雨水从未落在地面上，她的云也从不聚集，因为它们从未消散，从天气这方面来看，维纳斯是多变的反面，而地球上的天气却像恶作剧那样翻来覆去，虚晃一枪，随时

---

1 Wee Willie Winkie，一首同名英文童谣的主人公。

2 按照地球的算法，公转一周为一年，自转一周为一天，但金星自转需要 243 个地球日，公转却只需 224.7 个地球日。

爆发。

自古以来，关于异世界的猜想屡见不鲜。不过，既然已有一个异世界与我们仅隔一条轨道，那么我们似乎可以停止猜想，开始观察。在金星上，虚无的种子撒满地面，在无人照料下长成无数巨大的无物，满载空虚。而地球上的所有存在，伞形花、花序梗、大爪草、灌木林、栓皮槠，可能就是所有人仍然留在这里的原因，也是其他星球如此践行无神论的原因。金星上的维纳斯会与土星上的撒旦一样挫败。[1]

地球与金星在大小、构成、位置上都很近似，被称为孪生行星，只不过其中一个格外另类。金星就像是想要成为"别人家的孩子"的姐姐，与其他行星一样空无。而地球便是那个另类的妹妹，另类地温和，另类地宜居，到处都是哈巴狗、喝着麦芽啤酒的人，以及唱着未经授权的歌曲的鸣雀。

然而随着时间推移，地球可能也会像她的姐姐一样毫无价值，因为重复会剥离事物的本质。如果每天早上醒来

---

1 土星的英文 Saturn 发音与撒旦的英文 Satan 类似，但实际上土星得名于罗马神话中的农神萨杜恩。

《丘比特向维纳斯抱怨》，老卢卡斯·克拉纳赫绘

都面对的是特拉布宗[1]，那么这座城市也会越来越一望到底。如果每天早上都吃一颗苹果，那么苹果也会越来越食之无味。当我们第一次来到这个有趣的星球时，万物都有滋有味、模糊隐晦：匈牙利的、蔚蓝色的、鲸类的、达尔马提亚[2]的、半岛的、叔叔伯伯的、运输工具的、粉红色的。但岁月的影响力如此强大，重复使得事物失去了趣味。

甚至夏天都会在九月失去它的本色，一部分鹅被烹煮，还有一部分等不到秋天便飞走了。剩下我们留在原地设法转移自己的注意力，比如玩起模仿领头人的游戏。后来领头人也被称作一锤定音的人、说一不二的人、不可避免的人、未准备好的人、摆脱不了的人、争吵的人、死后的人，以及胸无大志的人。在一次次的模仿之后，我们对领头和跟随都产生了反感。跟随者不断聚集，以至于每个人的想法都是："不要再聚集了！我不想再被聚集了！"他们意识到大多数领头人甚至哪里都没有去，而对领头人的基本要求难道不应是去往某个地方吗？否则数以百万计的跟随者就只是站在那里。即使头脑没有注意到，身体也会发现这

1　Trebizond，土耳其北部港口城市，始建于公元前8世纪。
2　Dalmatia，克罗地亚的一个地区。

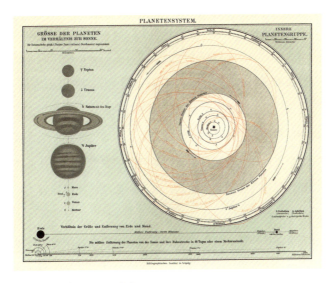

古老的行星系统，1898 年印刷

一点。身体只想疾驰。

　　不过，地球上的天气倒不会像金星上的那样卡住不动。恶作剧继续：遥远的冕流出现在天空中，伴着轰隆声雨水降临，随之而来的还有雨水的气味，泥土的芬芳比熏香更美妙——只有当新雨一滴滴溅在干燥的岩石上才会有的气味。这种气味是我们会追随的东西，我们会动身起跑，越过散布着灌木蒿和干枯仙人掌的石质土壤，穿过化石森林，经过美洲羚羊的栖息地，爬下食羊者悬崖，向北奔向废弃的萨斯喀彻温省[1]城镇，试图追上新雨的气味。可毫无疑问的是，这种气味同时也在行进，它们向南跑向马鞍形的山丘，穿过熙熙攘攘的植物，也许还会跌跌撞撞地进入一个新的半球。平原变换成热带无树大草原，羊群变换成美洲驼群，在那里，如果你跟丢了雨云，抬头仰望夜空，可能会看见闪闪发光的海怪、三角形的人[2]，以及一两个异世界。尽管他们没有找到那种气味，尽管他们像驴子一样迷失了方向，他们还是见到了最小的星座，南十字座。

1　Saskatchewan，被誉为加拿大的"产粮之篮"，以牧场和麦田而闻名。

2　你会通过三角形认识这个人。三角形比圆形小，但比方形大。——原注（海怪和三角形的人可能分别指鲸鱼座和三角座。）

正是漫长可怖的干旱期使得雨水再次充满如此巨大的能量。反复降雨的气味闻起来只会像是烂泥。西面[1]会欣喜若狂地高歌，也是因为他毕生都在等待，直到自己眼盲年迈，才有机会抱起那个婴儿。而在产科病房里，每天都要照顾那么多的婴儿的护士大概是谈不上有什么欣喜的。匮乏带来狂喜，对于人类来说的确如此；对于非人类来说却不一定。拉布拉多寻回犬不需要缺乏什么就可以随时蓄力。对于他们来说，重复与不重复无异。第十块花生酱饼干与第一块是一样的，新雪与陈雪也是一样的，春天的泥土、洗衣日，甚至你从沙发上爬起来都是一样的。一切都平平无奇，每一种气味都像是新雨的气味，每个人也都是前无古人后无来者的艾米莉·勃朗特。一切都像是那首不可分割的旋律《醒来吧》，沉睡者就此醒来。既然醒了，就再吃一颗苹果吧！没有什么能比得上地球的苹果了。

---

1 Simeon，《圣经·路加福音》中在耶路撒冷见到婴儿耶稣的老者。

实　验

　　当两位数学家在黑暗中决斗时，其中一位会失去鼻子。第谷·布拉赫[1]在一场决斗中失去了自己的原生鼻子后，戴上了一个金鼻子。甚至不光鼻子是金色的：人们挖出他的尸体时，发现他的眉毛、胡子里都有金子。用金鼻子或金项链装饰自身不难，但长出金胡子就是另外一回事了。想要长出金胡子，你的体内必须有金子——这就像命运，像晚上也无法取下的事物。当然，这也不是完全不可能的事情，难度与在体内拥有巧克力卷相当。如果你在巧克力卷上撒上金箔，便可两者兼得了。

　　有些东西更难进入体内，比如梵文或诡异。用诡异修

1　Tycho Brahe（1546—1601），丹麦天文学家、占星学家。虽然第
　谷·布拉赫并不是原文所说的数学家，但他的确是因为与他人争
　论数学公式而被削掉鼻子，也因此制作了金属义鼻。

饰自己的外在很容易，亦即不过分的诡异，颅骨外的一切看似叛逆，但其内部的一切却高度正常。任何人都可以留一个迷幻发型，但不是每个人都能谱写出德沃夏克[1]的《降 E 大调钢琴四重奏》。

还有一种元素似乎是所有元素中最高级的。比金子更具含金量，也更难被召唤。它可以让牵着你的手的人真正地牵着你的手，还可以让拥有它的国王趴到地板上与孩子们一起画海豚。尽管尝试生产这一元素的过程像是异想天开的炼金术——中世纪人所谓化铅成金的方法，但成果的诱惑令人无法不去尝试。因此我草拟了一系列实验方法，以期使实验对象内部产生微妙难解的谦逊品质。

实验一

令对象失望

让他许愿，并确保所有愿望都无法实现。让他以为命运会有更好的安排，再让他发现那只是命运的虚假宣传。

---

1 Antonín Dvořák（1841—1904），捷克作曲家。

让他期待迎面而来的众人喝彩，最后却只有冰雹迎面而来。让他觉得自己可以坐头等舱，然后送他去统舱[1]。他试图去做的所有事情，都让他只能做到一半。这辈子都只给他投喂小土豆。

实验二

投喂任意尺寸的土豆

已知土豆是谦逊的物种，也许在对象的食谱中加入足够多的土豆便可以将这种品质传导至其体内。

实验三

投喂具有精神活性的仙人掌

精神活性饮剂可以让喧闹的自我安静下来，让你感到与青草般的青草、星星般的星星、迷雾般的迷雾、肉猪般的肉猪合二为一。（并且如果你有什么临时想说的，你会说

1　steerage，旧时客轮上票价最低的大众化舱房，设有较多铺位，可以容纳许多乘客。

出来。如果你面前有任何可供滚落的楼梯，你也会滚落下来。那只跟着第谷·布拉赫的马车一溜小跑的驼鹿，比起水更喜欢啤酒，直到有天晚上他喝了太多啤酒从楼梯上滚下来，此后再无偏好。[1]

实验四
拒绝对象

如果使用正确的拒绝方法，对象会变得谦逊，还会收获一些番茄。在人们朝你头上扔烂番茄，你躲开之后，你难道没有发现几个月后身后会疯长出一片番茄吗？

实验五
制造巨大的弱点

像把人捆在巨石上一样，将对象锁定在破坏性极大的

---

1 在这只驼鹿尚未从楼梯滚落下来之前，第谷·布拉赫会将之出借给贵族并由贵族带其出席聚会。如果当场有人觉得无聊，贵族便可以说："你见过梅尔了吗，我那只偶尔出现的驼鹿？"——原注（传闻第谷·布拉赫的确养过一只驼鹿，并且在下楼梯时摔死了。）

缺陷上，比如草率、贪婪、愤怒，这样一来，生活便可以每日咀嚼他的内心。实际上，这项实验已经在所有人类身上进行过。那边的胚胎们听好了：你们也会收到石头的。

实验六
让对象尝试不可能之事

让她尝试为德沃夏克的《降 E 大调钢琴四重奏》填词，或者让她抚养无法抚养的儿童。有的儿童适用某种特定的抚养方法——菲利切蒂法、达兹德拉金卡法或者格里布尔-巴斯比-哈普赛尔法；有的儿童则适用任何一种已知的抚养方法，包括胡说八道法；还有的根本不适合被抚养。

实验七
让对象尝试可能之事

洗衣服是每个人每天都可以尝试的项目，或许最终可以通过它培养出谦逊。骑车时将前轮抬起也是可能做到的，但只是相对可能；而洗衣服和削土豆皮都是极度可能的事。

几颗死去的恒星周围的小行星碎片的尘埃残骸，原图来自 NASA

实验八

用小行星撞击对象

这样做会狠狠伤害对象的自尊心。不过也会同时伤害到对象本身及其周遭。对象及其周遭都将不复存在。如果遇上小行星，那么所有人都应化名瓷器。

实验九

送对象上太空

如果被太空物体击中无法产生美好品质，我们可以试着将对象送上太空，在那里，他会意识到自己是多么渺小，也绝不可能摘下月亮。（不过，这项实验在我身上从未奏效。我从来不会因为宇宙轻视自身：每当我从太空回来，都会对自己赞不绝口。与那些尘土飞扬什么都没有的石头相比，我简直是稀贵如犀牛。）

实验十
溶解对象

将对象溶解于社会这种伟大的溶剂之中。把他扔进去，就像扔进松节油里一样，观察他从同质、更同质到最同质的过程，最后再也不会为自己感到骄傲。（或对自己产生任何感想。）

实验十一
加入泥土

"谦逊"的英文"humility"与拉丁语中表示污物的词"humus"有关，人类的英文"human"也是如此。肮脏的人即肮脏的物，肮脏谦逊的人即脏里之脏的物。若想加强人类的谦逊和人性，可以加强她肮脏的程度。让有意识的污物唐娜与无意识的污物合作，安排前者在土地里种植茄子。

中世纪的某些园丁会播下金子的种子，期盼收获金子的果实。初夏时，做着茄子梦的唐娜或许会嘲笑愚蠢的中世纪人。但到了夏天结束的时候，唐娜的茄子仍在梦中，她却已经满身脏污，肮脏的唐娜再也不会嘲笑中世纪的勤劳之人了。

实验十二
加入岁月

这是一项独立实验，并且如果成功了，那么其他实验都没有必要进行，我们可以省去仙人掌、小行星、洗衣服、社会等参与的部分。看看时间是否能够独自完成这个任务：让对象随心所欲地生活——犹豫不决、无所事事，去西班牙或者去太空。漫长的岁月是否会让她变得谦逊，还是仅仅徒增皱纹？这项实验的美妙之处在于岁月是免费的，缺点是岁月是有限的。即使是设备最精良、经费最充裕的实验室里的时间也是有限的。无限是科学所缺乏的，我们的书籍、节日、农场，我们所做的一切，甚至我们的担忧都缺乏这一特性。你不可能永远担忧，就像你不可能永远做一只袋鼠。所有实验都有停下的那一天，我们所做的每一件事最终都会化为乌有。（感谢永恒，仅有一现的昙花如此说道。）

但重要的事情仍然会保持其重要性，胡说八道的也会继续胡说八道。如果我们真的拥有无限，那么我们缺乏的是否就是它的对立面？没有界限的书籍、歌曲、袋鼠又将是什么样子的？难道不是非永久性赋予了袋鼠难以言喻的美好品质？难道不是转瞬即逝的状态让我们所做的每件事都几乎具有了令人愉悦的属性？就像是大厅里那个总在衡量自己学问的人一样——去年它重达 48 磅 7 盎司，今年它只有 15 磅 14 盎司。如果他是无限的，那真是让人无法忍受——但鉴于他的有限性，这种执着也有些许可爱之处。谁会对实验室笼子里大摇大摆的小白鼠感到不满？怎么会有人因为一只猪认为自己是世界上最伟大的猪而愤愤不平？说不定他的确是世界上最伟大的猪之一。

　　但无论如何，我们还是认识一些拥有真实迷人的谦逊品质的人物，他们甚至不需要借助无限或不可能，就像小狗一样不知傲慢为何物。他们会在你满屋子疯找钱包时争先恐后地跟着你进入每个房间，如果他们年老体弱，也会用一双泪汪汪的棕色眼睛追随着你。当你想方设法讨好他们，用玩具、零食、公园跑步诱惑他们时，他们会发自内心地激动不已。因为你是唯一，世间唯一，唯一能为之摘下月亮的人。并且他们会吃下土豆皮馅饼、发霉馅饼、脏袜子馅饼、各种各样谦逊派的馅饼。由于他们不会试图赢得仰慕、金钱，乃至任何美誉——因为这不会对他们在这个世界上的体验造成任何影响，当他们追着球跑时，他们真的是在追着球跑；当他们穿过球场迎接你时，也是真的穿过球场迎接你；他们还会真的跳起来，真的把你扑倒在地，真的对你舔个不停，他们的谦逊是没有界限的。

《园丁》，保罗·塞尚。巴恩斯基金会美术馆珍藏

如何专业计数

　　早上好，动物们，欢迎来到《在地球公司开启你的职业生涯》系列第一讲。这边有水洼可供您饮用。请找位子坐下，别再振翅、吼叫，收起爪子放下尾巴，谢谢合作。那么，在开始上课之前，让我们先说些心里话。我们注意到各位近期的表现，似乎缺少了点事业心，总是看上去不在状态。当然，我们知道你们都是过时之物，而作为过时之物是可以不受现代规则约束的。我们并不指望各位成为太空动物之类的，但出于对你们生存能力的关心，我们希望协助你们挽救岌岌可危的职业生涯，重新找回自身存在的意义。这是一个以手摘星辰的大好机会！人类就像星星，已经通过地球的各个阶层不断上升，乃至超越了地球！如果您参加我们的研讨会，我们绝不会用微波炉加热所有成员，而是能够助您达到与我们一致的专业高度。

过去的我们也无法保持内部一致，甚至也有毫不专业的时候。我们古代的月历只有十页——从三月开始到十二月结束共十个月，冬天成了无法计算的时间。不过后来我们改革了月历，加上了一月和二月，也就不再有月历外的日子了，每一天都在月历上。时间就是金钱，哪怕月历上只少了一天也是没有经济头脑的做法。现代性就是商业性！

　　月历改革是可能性的绝佳例证——如果你可以翻新月历，那么你也可以翻新自己。我们听到你们之中有谁说道："我注定是一头牦牛""我注定是一只斑泥螈""我注定是一条绿水龙""我注定是一个结草虫"。你没发现自己听上去有多么听天由命吗？你听上去像是芜菁！通过这一系列讲座，我们将提出许多重要的原则以打破你们的"芜菁式思维"。

　　首先，让我们来了解一下数字的力量。正如优生学之父[1]所写的："只要有空就数数。"拉里马上会分发印有这句名言的贴纸，你们可以贴在洞穴中，树荫下，巢的四壁，以及山洞的入口处。数数的习惯有助于培养理智、辨别力

1　指弗朗西斯·高尔顿（Francis Galton，1822—1911），英国科学家。

及规范性——尤其可以规范你自身及你那不规范的本我,并消除主观意识。主观意识就像猖女[1],并不存在,所以很容易清除。当你看到雪地上闪耀的绿宝石、红宝石、蓝宝石时,你以为自己很富有。有时候你又会觉得失去了某个人便无法生活,似乎冬天永远不会结束,无比巨大的月亮正笼罩着群山。但度量杜绝了这些表面现象:银行账户余额不足,月亮的大小是正常的,等等。

只要有空就数数吧!我们可以使用手指和脚趾,你们可以使用脚趾和脚趾,或者钳子、鳍足,随便什么,蛇类可以试着在树枝上留下牙印。无论什么方式,你需要开始计数你眼前的一切——泥块、蛤蜊、杜鹃花、臭鼬。静止的植物一般来说比动物更容易计数,但荆豆属例外,因为它没有复数形式。荆豆的英文"furze"就像"信息"(information)、"黄油"(butter)一样都是不可数名词。如果你开始数动物了,可以先从不认识的开始,还要记住不要看向他们的眼睛,以免他们失去可数性。

数不认识的动物与数外语单词类似。如果有人用基卡

---

1 banshee,爱尔兰传说中预报死讯的女妖。

GOLD COIN

金币

普语[1] 给我们写信，比如 "Ämănutci wīpăni" 或者 "Măgānăguhanu, nezegwize, ähitci īna Wīza'kä'a" ——那么数单词是很简单的。但如果是用中文写的信——"我需要你"或者"我不需要你"，又或者"让我们找那只老秃鹫报仇"——我们就会被文字的含义吸引，从而忘记数数。意义破坏了客观性。

真正重要的词自然是表示数字的那些—— 一、二、三、四、五，或者 yan、tan、tether、mether、pip，[2] 又或 hant、tant、tothery、forthery、fant——而其他词多么随心所欲！我们应该把所有单词都替换成数词。数词是绝对的，比一般的词更具持久性。数字不会穷尽，你可以加一个，再加一个：四号羊、五号羊、六号羊。你不需要为每只羊起名字，只要给每个数字分配一只羊即可，如果七号羊被压扁，另一只可以取代她的位置。名词却是不可调换

---

1 Kickapoo，属印第安语群。

2 yan, tan, tether, mether, pip, azer, sezar, akker, conter, dick, yanadick, tanadick, tetheradick, metheradick, bumfit, yanabum, tanabum, tetherabum, metherabum, jigget. 去年夏天，我的院子里有 bumfit 株罂粟，今年我本来预计至少有 yanabum 或 jigget 株，但最后只有 pip 株开花了，因为有人从花茎上折下了又大又绿的花苞献宝一般送给了她哥哥。——原注（应为凯尔特语中的数字。）

的，并且连起来时听上去就像是儿歌——瓦克西哈奇、黑麦粗面包、诺宾村、纳宾哥山。

名词包含的意义也常常是不必要的，比如古亚美尼亚语中一个月里的每一天都有专门的词。比如有一天叫作喧嚣，一天叫作隐逸，还有分散日、起始日，起始日正好在无始日之前。如果昨天是起始日，今天怎么会是无始日呢？这种令人困惑的问题只要把这两天改成 16 日、17 日就可以解决了。

如今，人类的优势在于我们的当代文化主要由可数的事物构成。体育、政治、商业、社交媒体，其中的各种排行、关注人数、价格、指数、民意调查、分数，令我们完全埋头于数字之中——不像你们长颈鹿只会把头埋在云朵里。我们尽可能地将云朵量化，但他们与天气的其他组成部分一样时常会避开我们。闪电就总是神出鬼没四处惹火。（文学以前也类似闪电，但有了大数据之后，受制于其的文学更像是绵羊。如果被绵羊撞到，我们绝不会燃烧起来。）

无论我们因为天气如何不知所措，我们却始终可以求助时钟。时钟是完美的计数器，甚至优于银行家，因为他们不需要睡眠，尤其不需要做梦。没有一分钟是不被计时的。从有关我们自身的学术文章中可以得知，我们认为面容最吸引人的地方是对称性。那么我们如此迷恋时钟便是理所当然的了。实际上，我们已与时钟建立了一种排他的关系，无法想象其他不够对称的事物的介入。

若想成为时钟那般伟大的计数器，你必须对差异保持警觉。当然，如果不存在差异，那么也不需要保持警觉了。你们动物有自己的优势，也就是同一个物种的你们长相相同，就像镍币一样，所以当你数数的时候甚至不需要特别留意不认识的面孔。你的亲属与陌生人长得一模一样，不会发生因为梦中情鼠匆匆路过而忘了自己之前数到几只仓鼠的那种情况。不幸的是，这种事情在我们身上常常发生，尽管不一定是因为梦中情鼠。最糟糕的时候，是我们像时钟一样有序地数着人数时，孙女们却跑开了。孙女们搞砸了度量程序，用小小的手指揪着我们不放。这被称为爱慕问题，会玷污计算的纯粹性。

关键是永远不要被特定事物干扰。"每个人都只能算作一人，没有人可以超过一人。"杰里米·边沁这样写道。这句话的意思是，每个人都是每一个人。每个人都会说："我不是每个人。"但事实的确如此。只要听听两个人是如何争

大象钟，出自《巧妙机械装置知识之书》，伊斯梅尔·贾扎里著。大都会艺术博物馆珍藏

论谁更加"每个人",就会发现这跟两个二十争论谁更二十一样荒唐。

我们为从事爱慕行业的人们感到遗憾,比如爱慕者[1]、神秘主义者及音乐家,他们一遇上数字就会变得糊涂。"在你的院宇住一日,胜似在别处住千日"——《诗篇》[2] 的作者单独挑出这么一天来,仿佛这一天有多么奢侈。但实际上没有哪一天是奢侈的,就像没有哪一只仓鼠是高贵的。每一天都是每一天,与其他日子完全一样,仅占那一点点方寸。《诗篇》里尽是数学错误、虚假表象、变幻无常。没有什么比乐器更能加剧世事变迁的了,在《诗篇》里,你可以看到拨里尔琴的人、弹鲁特琴的人、吹长笛的人、拍手鼓的人完全沉浸在他们的变幻之中,不切实际的竖琴师国王甚至渴望着不可见的人。(也没有什么比爱上不可见的人更糟糕的了。)我们对《诗篇》——实际上是整部《圣经》——感到悲观。今天的我们使用计算机计算,而那里的米里亚姆在铃鼓声中忘乎所以。还在演奏铃鼓吗,米里

1　爱慕者和狗仔队最大的区别:后者的追逐是有选择性的,前者却来者不拒。爱慕者没有标准没有原则,对蓟和猪也能爱不释手。——原注

2　亦译《圣咏集》。《圣经·旧约》的一卷。

亚姆？——这个问题概括了我们对《旧约》的真实看法。

真正有价值的差异是必要与多余的区别。在一定数量之内，事物是必要的，超过界限就是多余的。就称呼而言，多余是个便利的说法。如果有两三个以上的后代，你便可以将之命名为多余。明智的牧羊人会在羊圈里数满九十九只羊后，把第一百只称为多余的，然后直接睡觉。没有必要在寒冷幽暗的雨夜四处奔波，只为寻找名叫多余的羊。数数使我们得以区分充足和过剩，虽然印度的牛进入了神灵这一行当，不再适用这种分别。（印度人的数学历来缺乏合理性——无理数及无穷概念都是在印度被发现的。[1]）

两岁时的我们喜欢所有的牛，每一只仓鼠都是我们的梦中情鼠。后来我们成长为优秀的计数人。计数会将最神圣的存在转化为库存清单，把牛变成哞哞叫的商品。并非所有的牛都高人一等，我们仍然可以利用他们的内脏、皮毛、蹄子。并非所有的葡萄酒都美味可口，我们仍然可以在客人喝醉之后用便宜货蒙混过去。

---

1 事实上，无理数最早应是由古希腊数学家希伯斯（Hippasus，公元前625—公元前547）发现的。而关于无穷的记载的确最早出现在古印度典籍《夜柔吠陀》（公元前1200—公元前900）中。

利用可以利用的，榨取可以榨取的，剥皮可以剥皮的，喝下——等等，原来如此，你们这些"吸血鬼"明明已经知道这些原则了！我们从来没有在什么品血室里见过你们，也没见过你们用吸盘细细吸血，再吐到桶里，对"口感""果香"装模作样地吹毛求疵。血就是血，每个人都是餐桌上的醒酒器。

成功也可以用数字衡量，我们不得不承认人类在数量上处于劣势，也因此败于另一种吸血动物。我们与对方的数量比大概是一比千万。他们的效率也千万倍于我们，效果更是千万级——鉴于这一点，我们最后要宣布一则激动人心的消息。系列讲座的下一期将介绍这些超级成功人士的故事！各位一定记得带上你们的穴居伙伴、养殖场同僚和水坑朋友参加周二下午的讲座，题目是"成长型思维"，相信我们都会从蚊子的经历中得到启发。

陌生人

　　全知意味着责任重大。鉴于我们的知识已有亿万年的积累，趋近于完成态，我们肩负的责任也不容小觑。我们试图成为孜孜不倦的信息提供者、忠实的事实传播者，及狂热的开阔眼界者。我们的所见所闻已惠及世界上每一个人，除了婴儿和树莓岛[1]上部分主张教派分裂的人士。婴儿对任何事情都不求甚解。现代婴儿与古时无异，不过，一旦他们开始认真学习我们的语言，我们就有机会改造他们了。遗憾的是，分裂主义者一直忙于以神圣的顺时针方向游行抗议，没有时间接受教育。

　　还有一个相当庞大的群体不受我们影响：动物。我们很乐意为他们提供最新消息，更新任何进展。我们常说，

1　Raspberry Island，美国明尼苏达州地名。

了解情况的毛鼻袋熊比毫无头绪的毛鼻袋熊来得好。我们甚至尝试召集看似具有智能的动物（不包括海葵）、可能会对提升自我感兴趣的动物（熊猫除外）。我们不希望他们一下子淹死在知识的海洋，所以策划了一些主题为"如何专业计数""技术：通向现实的入口""你的树突与你"之类的短期讲座，地点设在户外，还配有幻灯片。

我们原本以为，动物会用噪叫的方式对我们的讲演致以谢意，就像是在说："啊谢谢你们，你们的解说有如福音！""我们感觉自己正在觉醒！""继续说下去！继续！"可是实际上我们才刚刚开始五分钟，喜鹊就拍着翅膀飞走了，乌龟也慢腾腾地离开，猪就那样看着我们，仿佛我们只是在擤鼻涕。当毛毛虫列队从橡树上的丝制帐篷爬下来时，我们也以为他们会抓住这个机会增长见识，然而他们只是一路爬行到另一棵更茂密的树上去了。对动物说教是令人挫败的事业。没有套索，便没有受众。他们根本不在乎什么知识。

教育差异可能不利于人际关系的构建。知识分子必然优越于她的农村表亲，因此不得不与对方保持距离，除非后者具有某种足以弥补其落后思想的优势。但没有哪只袋鼠是特别重要的，所有鹅都是笨拙的。我们在做决定时也不能把未受教育的针鼹和土拨鼠的意见考虑进来。事实上，我们甚至不确定土拨鼠是否有意见，毕竟意见一经成形，就会像鱼雷一样长驱直进，而土拨鼠的路线总是迂回曲折。（鲨鱼当然是有意见的。）无论如何，他们的意见我们都不会考虑。如今的动物只是一群庞大、无知、幼稚的乌合之众，不接受任何事实，却容易受到事实以外的任何事物的伤害。

巴德尔[1]则恰恰相反。美神巴德尔无坚不摧。自从他梦见自己死亡的情形后，他的母亲弗丽嘉便要求世间万物承诺永远不伤害他。山毛榉不会倒下，斧头不会滑落，马蜂不会蜇人，公牛不会发狂，女贞木不会用自己能够致死的小浆果引诱他，老鹰不会朝他的头上扔乌龟。时间保证不会毁灭他，河水保证会放慢流速，他的朋友也保证永远不会厌烦他。就连卵石蜗牛和平底西葫芦也应要求上交了签名——除了一株绿油油的渺小植物。并不是说槲寄生真的奸诈狡猾，无法无天，卑鄙无耻，只是百密总有一疏。

---

1 Balder，北欧神话中的光明之神。

槲寄生忘记上交文件，之后的故事不必多言：美丽的巴德尔死去了，死去了。[1]（如果你与槲寄生擦肩而过，仍能听到它在低语："对不起，对不起。"[2]）

但动物没有弗丽嘉这样的母亲，只有动物母亲。从未有动物母亲能收集到哪怕一个签名。动物就像是生活在满是槲寄生的世界的巴德尔。他们是巴德尔的反面，可以被一切事物伤害，除了信息。为何他们对信息如此无动于衷，却会回应音乐，甚至是最平庸的音乐？收音机里传来安妮·莫莉[3]的声音，唱着她那些肉麻无聊的歌曲，而本该仓皇逃离的老鼠开始在沙发扶手上前后摇摆。我们还见过博美犬在轰隆作响的钢琴下像扫罗王[4]一样冷静下来。当然，我们也会在洗碗时听些悦耳的音乐，但我们知道音乐的主要功能是让大脑为数学做准备。音乐是施洗约翰，数学才是救世主。尽管动物对音乐有一定的接受度，他们却对数学一窍不通。

1　出自亨利·华兹华斯·朗费罗（Henry Wadsworth Longfellow，1807—1882）译的《泰格纳尔哀歌》（*Tegner's Drapa*）。

2　在原本的神话故事中，是弗丽嘉认为槲寄生过于弱小，无须立誓。

3　Anne Murray（1945— ），加拿大乡村音乐女歌手。

4　King Saul，古以色列联合王国的首任君主。

森林，大都会艺术博物馆珍藏

据说他们曾经在中世纪的森林里听取过名叫弗朗西斯科的人的教诲。因为向鸟类说教，他被认为过于自负。但如果不为所动，鸟类是不会为任何人类停留的。我们只是觉得很遗憾，他们居然被打动了，而圣方济各[1]完全是在胡说八道。如果他是最后一位被动物聆听的人，那么他们肯定还在相信月亮是姐妹、太阳是兄弟、人类鱼类驴子麻雀都是一家人之类的鬼话，以及没有人因为可爱而被爱什么的诳言。这样的错误信息令我们痛不欲生。

基因组告诉我们，动物的确是有亲属的。许多海螺属于 Ittibittium 这个属类，长颈鹿和獾㹶狓是表亲，都有着皮骨角和可卷的舌头。基因上的重叠会导致生理上的相似性，所以你的脚踝也跟你叔叔的差不多。不过，我们怀疑圣方济各所指的亲近不是生理上的而是关系上的。好像我们可以和鸽子、肮脏的市民、土豚、古怪的猴子组成家庭（虽然我们不介意与精力充沛的猴子有渊源），与麻木的牛、不爱国的黄鼠狼、盲目的行军蚁集体、点心一样的虾、总把想法藏在心里的长颈鹿、极其妄自菲薄的蜂鸟搭上关系。

1　San Francesco di Assisi（1182—1226），天主教方济各会创始人，也是动物的守护圣人。也被译为圣弗朗西斯科。

仿佛如此普普通通、微不足道的灰褐色麻雀是我们的哥哥，他们花费所有的精力喂养同样微不足道的雏鸟——在这个世界上，除了微不足道，不知道他们到底繁殖了什么？或者是草莓毒刺蛙，以最不可理喻的方式努力履行着母亲的义务：只产下三只蝌蚪，再把每一只送到森林里不同的凤梨树边的水坑中，接下来的几周分别照顾每一只蝌蚪，制作蛋卵喂食他们，像24小时营业咖啡馆里的小小的红衣女招待一样提供服务，只不过每张桌子间隔数英亩。数学不好的草莓毒刺蛙没有诞下成千上万的蝌蚪交给统计学处置，而是为三个孩子付出所有，仿佛他们值得这一切，但实际上每只幼蛙仅售三美元。

好像南极洲食蟹海豹的幼崽是我们的小弟弟，在与母亲分开后笨拙地向着干谷挪动。他需要去海边却走错了方向，在重力风中跌跌撞撞地越过锋利的岩石。海洋在北边，他却越走越南，一路上饿到连沙砾都吃。他还遇到了其他小海豹——他们像是有着上千年历史的木乃伊，肚子里满是沙砾。而如果你想试着让他回头，他只会用尖利洁白的乳牙咬你一口。越来越正确的我们，是无法与越来越错误的存在，建立联系的。

显而易见，蹒跚着走向悲剧的小海豹是没有名字的。兄弟姐妹应当是有姓名的，想象一下名叫欧泊、马里奥和戴尔芬的海鞘，名叫斯图和斯坦利的须鼠耳蝠，还有名叫理查德·P. 肖亚兹的小鸭子吧。角马如果被叫作角马、角马、角马及角马以外的名字可能会更易区分。

　　与陌生人不同，兄弟姐妹的另一个特征是：解剖结构并不是他们最重要的属性。如果一个人在被问及自己的姐妹时，这么说："哦，葛莱蒂丝啊，我还是喜欢叫她智人，她嘴里有四颗门牙，外耳螺旋状，眼睛的位置有些不对称。"那也太不对劲了。因为他们从挂着鼻涕的孩提时期起就在一起了，他会在她还是个婴儿的时候，托着她的头帮她洗澡，他们也曾摇动树枝让雪落在彼此身上。葛莱蒂丝于他而言像是透明的，他能看穿她的内心：她是极度悲伤，还是闷闷不乐；她没说的话是否跟她说了的话有关。而陌生人都是不可透视的。动物也像陌生人一般不可透视，即使是水母、玻璃蛙，也像熊一样晦暗，如果没有解剖结构，它们也不复存在。兄弟姐妹不应如此。[1]

　　动物的这种不透明性，彰显了我们知识储备中唯一的

---

[1]　当然，兄弟姐妹之间也免不了摩擦。杜松哥哥总是用针刺我们，我们也不停地弄乱鸡妹妹的羽毛。——原注

缺陷。全知全能要求我们理解地球上的所有生物，每一种动物，每一个困惑谦卑的灵魂，无论多么微不足道。不过，这一缺陷的范围目前也在逐渐缩小，因为动物的数量正在减少。命运拿着棍子到处巡逻，将鸟儿赶出天空。各种各样的青蛙都快要四肢一蹬肚皮朝上。僧海豹、信天翁、加湾鼠海豚、海牛争相沉入海底，仿佛进行某种潜水比赛。

当然，分裂总是免不了伤痛与遗憾。动物是异教徒，有时候却比我们更加坚定。或许是因为比特与字节在他们头顶飞过，或许他们只会听信用月亮与星辰的语言讲述的人的谬说。但我们绝不会屈尊去迎合动物。如果能有一条河流洗去所有月光、所有魔力，却不会冲走他们就好了。

灾　难

在很长的一段时间里，大约十亿年间，是绿色和紫色的光合细菌统治着这颗星球。他们一团团地飘浮着，吸收光线并进行碳固定。大气稳定，环境不变：那段平静安稳的时期被称为"无聊十亿年"。之后则是发生了大氧化事件，开启了下一个时代，即"有趣十亿年"。[1] 吱吱叫的物种开始出现，接着是嘎嘎叫的、尖声叫的，最后是能说会道的。鸭嘴龙出现后四处乱撞，猴子出现后从树上掉下来，蛇出现后把每个人都吓坏了。狼出现后变成了鬈毛狗，貂熊出现后吞噬了比自己更大更厉害的动物[2]。小提琴手贝

1　无聊十亿年，具体为 18.5 亿年前—8.5 亿年前。大氧化事件应指 5 亿多年前的第二次大氧化事件。有趣十亿年则为作者杜撰，并不存在这样的说法。

2　wolverine，又名狼獾，为鼬科动物，喜食大型兽的尸肉，甚至会攻击体型更大的动物。

奇出现了，演奏起《走向魔鬼浑身摇摆》[1]。我们难以了解细菌当下的想法，他们就像是斯芬克斯，不过或许他们也会时不时地留恋那个一切喧嚣尚未出现的远古时代，并在污泥塘里对我们嗤之以鼻。

但如果他们真的不喜欢这些骚动，就不应该产生那么多的氧气——这却是他们在无聊十亿年里所做的事情。所以事实不就是如此吗？你在那里安静地冥想，全神贯注于自己的一呼一吸，以至于对时间的流逝无知无觉——直到某一天抬起头来，才看到因为你的呼吸，河马、嬉皮士、热带黑伯劳得以生存，人们得以唱着《疯狂的恰恰恰》，沙袋鼠得以发出啵嘤啵嘤的声音。大氧化事件又名氧气灾难。

自氧气存在以来，大自然便一直在朝着不完美的方向前进——除了教皇，他们方向相反。几百年来，教皇都在践行一种"渐进的永无谬误主义"[2]，但对我们其他人而

---

1 又名《生病时你想喝茶吗？》，似乎更具人文关怀。——原注（确实存在的曲调，英文原文分别为"Go to the Devil and Shake Yourself"及"When Sick Is It Tea You Want?"。）

2 永无谬误主义（infallibility），天主教教义之一，即教皇作为基督代理人，在一定条件下就信仰或道德问题进行的教诲不可能存在谬误。渐进的永无谬误主义（creeping infallibility），则指永无谬误主义超出限定范围的蔓延。

言，则是渐进的谬误主义。单细胞生物似乎不会像我们这种多细胞个体一样犯下那么多的错误。内脏越多，失误越多。这一点甚至适用于植物。维管植物可能会把暖冬错认为春天，让汁液过早流出，苔类就绝不会这么做。枫树会犯错，芹菜会犯错。相关的赞美诗已然不合时宜。人类没有垄断谬误，除了粘连句[1]这一领域。

海牛会犯错。海牛可能会把泳者的长发错认为浅滩草，然后开始大嚼特嚼，无视嘴里的东西连接着的人体。小象会犯错，被自己的鼻子绊倒。食卵蛇、刺毛鼩猬、日本园鳗和误食运动裤的鲸鱼都会犯错。即使是最不起眼的物种也会把事情搞砸，比如把自己的孩子当作冰激凌甜筒一样吃掉的沙鼠爸爸。

人类会犯错：我们犯下的错误可能是清晨的一句"抱歉"，也可能再也看不到明天的太阳。看看我们的发明，飞机会犯错；看看我们的传统，仿佛一系列标准化的错误。听听我们的音乐错误——各种各样的钢琴犯罪、单簧管犯罪、鼓犯罪正在世界范围内的舞台上进行，连自己的公寓

1　run-on sentence，英语中的语法错误，缺乏连接词或标点符号的长句。

楼内也不放过。[1]

我们会犯有意识的错与无意识的错、无能为力的错与得心应手的错、疯狂的错与胆怯的错，而在胆怯的错里胆怯往往是主要错误。胆怯会让你变得人不像人，而不像人的人比不像沙鼠的沙鼠好不了多少。奥列格减去一条腿还是等于奥列格，但奥列格减去奥列格等于零。别在大限来到之前，早早沦为虚无缥缈的鬼魂。

人类的确会犯错，但鉴于人类喜欢赋予各种事物不同的身份，这句话可以说得更具体一些。语法学家会犯错，垃圾清洁工会犯错，圣——圣奥古斯丁[2]当然也会有错误的想法。小气鬼会犯错，药剂师会犯错。似乎有多少种身份就有多少错误，甚至还有天使错误——你忘了那次不得不解雇他了？

被人类命名为裸鳃海蛞蝓的动物也会犯错。不过裸鳃

1 正如居住在伊戈尔·斯特拉文斯基的公寓楼下的女士所言："斯特拉文斯基先生弹的全是错音。"转引自 Jan Swafford, *The Vintage Guide to Classical Music* (New York: Vintage, 1992), 409。——原注 [伊戈尔·斯特拉文斯基 (Igor Stravinsky, 1882—1971)，俄裔钢琴家。]

2 Saint Augustine (354—430)，古罗马帝国时期的天主教思想家。

海蛞蝓更会从错误中吸取教训。如果你攻击扇鳃海蛞蝓后被蜇，精神游离之余，要记得下次再看见扇鳃海蛞蝓的话，不要轻易攻击对方，因为他们是最危险最邪恶的粉紫色穗状毒物。从裸鳃海蛞蝓身上，我们可以学习如何从错误中吸取教训。（从扇鳃海蛞蝓身上，我们则可以学习如何反蜇攻击者。）

有一次，我的罗宋汤尝起来味道奇怪，像肥皂一样，后来甚至在表面凝结了一层淡绿色的蜡，一根烛芯浮在上面。我便吸取了教训，再也不会在炉子旁的壁架上放置檀香蜡烛。又有一天晚上，我忘记盖上蜂蜜罐的盖子，第二天早上，就看到一只老鼠在里面慢吞吞地游泳。我还邀请过格温多林和格温多林参加生日聚会，结果忘了邀请格温多林。这些数以百万计的错误也带给我数以百万计的教训。地球是一所优秀的学校。

当然，我们并没有吸取所有错误带来的教训。我们还在往海洋里乱扔运动裤，向广告电话和电视福音布道者[1]敞开心扉。我们一边追捧名人，一边把乳牛变成炸肉排；

---

1 televangellist，在美国，定期在电视上劝说人们加入基督教及捐款的人。

在草原上过度放牧，使得土地干燥到只有眼泪是唯一的水源。我们不断与教条陷入热恋，让欢笑和哲学这两个被忽视的孩子挤在壁橱里。

不过，如果我们能撤回所有错误，海洋里所有湿漉漉的运动裤、我们说过的所有可恶可疑的语言[1]、所有音乐犯罪——如果错误是可以撤回的，就像装有铰链可以折叠收缩——我想我们也必须消失，因为就算我们自身不是错误，那么相同血统的某个婴儿也肯定是。容易犯错的沙袋鼠不得不离开，连同其他容易犯错的糊涂蛋糊涂卵。再见了沙袋鼠，再见了雌狐，再见了鸸鹋、鸦和吼猴，再见了灾难。

没有你也没有我，世界会回归平静，回归冗长乏味的完美时代，只有细菌与教皇留存下来。撤回所有不完美的事物的唯一问题是告别，因为我们需要撤回所有告别，完美的告别从不存在，一次也没有，告别证明撤回是不可能实现的。

---

1 没有思想或像联邦政府官样文章般的语言，又或是只为吸引人们购物的语言，为人类特有。沼泽鼠就不会了解说这种语言的苦恼。——原注

对日照[1]

　　自脱离子宫内的匿名状态以来，我们一直受到身份上的质疑。有些问题易于回答，比如"你是人还是老鼠"或者"你是列兵还是大元帅"。另外一些则较为棘手，比如"你是乐观主义者还是悲观主义者"或者"你是唯物主义者还是非唯物主义者"。如果认为自己介于乐观与悲观之间，那么你可能是乐悲观主义者或悲乐观主义者。而"唯物主义者"似乎是一个极为常见的身份，因为物质无处不在。也许比起气体你更喜欢固体，又或者偏爱液体，固体不免浮于表面。土地的模样固然十分漂亮，悬崖峭壁，遍地麦黄，山涧青谷。但那是因为你只能看到土地，水却需要深入其中。水就像柠檬汁一样深幽。

1　Gegenschein，夜空中正好与太阳呈相反方向的卵形暗弱光斑。

即使你喜欢固体，也无法来者不拒。你可能喜欢餐巾桌垫却不喜欢风箱，可能喜欢风箱却不喜欢铝土矿，可能喜欢铝土矿却不喜欢巧克力，可能喜欢巧克力却不喜欢大提琴，可能喜欢大提琴却不喜欢玻璃纸，可能喜欢玻璃纸却不喜欢旧汽车，可能喜欢旧汽车却不喜欢墨西哥辣椒卷，可能旧汽车、墨西哥辣椒卷、铝土矿、狐狸手镯、紫丁香漂浮蜡烛都喜欢却不喜欢无畏舰[1]。或者你可能喜欢以上一切，除了纳米机器人。

当然，非物质之间也是有区别的，就像你可能喜欢时间与重力，却不喜欢预兆与天使。或者你喜欢部分天使，比如六翼琥珀天使，但不喜欢死亡信使。由于变量如此之多，我们又总是会信服迥然各异的事物——阴冷与微风、苦涩与甜蜜、歌剧与酒吧爵士乐——那么是否有必要只认同某一个身份呢？非唯物主义伊尔玛和唯物主义麦克是否一定非此即彼（"水牛是没有灵魂的"）？既然我们总是被从白天捆绑到黑夜，从黑夜捆绑至白天，既然日夜总是为我们呈现各种不同的事物，劝说我们接受不同的思想——

1　dreadnought，20世纪初期的重型战舰。

我们为什么不干脆随着光线的变化转换身份呢？我们何必加入某一阵营？地球这个大阵营还不够吗？我们的星球有各种各样的环境，据说这些环境的形成是由内而外的，地球释放着变化多端的气体。我们为什么不跟着一起变化？为什么不白天做唯物主义者，晚上做非唯物主义者呢？

所以我欣赏物质的一点在于我不需要激活第三只眼去理解它。我不需要反复念诵一百零八遍"唵"[1]，借助紫水晶，摆出飞鸽的姿势，服用沸石补充剂，才能看到超大型的卡车、墙上的涂鸦、沙果、藏红花这样的晚开的花、深蓝色湖中城堡般的岛屿，或是彩虹中的红色、鳟鱼里的虹鳟、池塘里的鳟鱼，又或是一棵树的树枝被移除后如何流出汁液（树枝是可以移除的，只不过会流出汁液），当我站在北极时指南针的指针如何开始打转，燃烧的干莴苣如何发出火花。他们说天使都会嫉妒地上的我们，我想了一下，我也会嫉妒我自己，能够看见所有涂鸦、乘坐所有卡车、穿上所有毛衣的自己。

白天我们头顶上的蓝色灯罩让一切具体化。到了晚上

---

1 Om，印度教等的咒语。

取下灯罩，我们只能抬头看到几万亿英里外的地方，地面上的物质却变得笼统，杂草、海浪、五十多岁的人类。我们往往会将看不见的事物想象成一模一样的东西——大脑就像复写机。我们尤其会将大元帅统归为一类，但日光重现他们的个性，你就会看到白色卷发的大元帅、弹奏尤克里里的大元帅，还有在小岛上流放，即使打盹时也要戴着所有闪闪发光叮当作响的勋章的大元帅。

白天你可以看到各种物质的趣味组合——熊和慢跑者、熊和黄油、密生西葫芦和阳光、豪猪和他的情人。熊和慢跑者相撞，一起从小径上滚下来，再手忙脚乱地互相逃离。另一头熊通过窗子爬进一间小屋，对着黄油狼吞虎咽，最后用沾满黄油的爪子费劲地打开滑动门。太阳以应有的方式培养密生西葫芦，极具成效。（如果密生西葫芦在成功后被问及自己主要受到谁的影响，他们大概都会说是阳光。）

豪猪及其情人的关系产出了三只毛茸茸的淡红小豪猪。蜜蜂与成千上万紫菀花的关系产出了精心调制的一勺蜂蜜——如果他们可以选择，会留给自己享用。如果蚂蚁可以选择，他们不会允许你用他们的木头架起篝火。如果你这么做了，他们只能赶忙冲出来，抱着自己黏糊糊的白色宝宝，安置好后再回到燃烧的木头里取出更多的宝宝，直到他们在烟雾里摇摇晃晃地带出烤焦的宝宝。

有时候，物质的结合方式会让我们不再嫉妒自己。如果你家里的五岁孩子没有把他的书本、小汽车、积木、画着可爱怪物的图纸，或者拉着马车跑的蓝色羊河马（半羊半河马）放好，三岁孩子没有整理邮件或洗碗，婴儿没有清扫满是碎屑的地板，你可以自己做，或者等到太阳下山，杂乱消失，你的房子可能会恢复成井井有条、完好无损的状态。

虽然意识是好的，但无意识也值得称赞，因为当人们睡着时是没有任何行动的。既然有那么多提升意识的运动，那么似乎也应当有提升无意识的运动。如果你身边的每个人都是无意识的，你的思绪可以飞奔到月亮，飞奔到俄亥俄州，飞奔到不知所终的人和乖巧年迈的狗那里去。尽管你无法像记住一首诗那样记住一条狗，但在她离世后仍有可以飞奔而去的地方。

然后你就会在黑暗中发现似乎有什么近在眼前。黑暗过滤了可见物，主要由不可见物组成——不明显、无形、没有用铁或任何金属包裹的物质。不是卡车、毛衣、勋章或任何风靡一时的东西，不能被贩卖、讲价或征用，也不会破裂分解。因为没有密码，也就无从破解。

接下来，语言也可能会浮现在你的脑海，比如"每天都下雨"[1]"约旦河冷飕飕的""啊毛里齐奥！"，或者是带着蓝色节奏[2]的语言、像星星一样转个不停的语言。语言是非物质型物质：利用物质型物质进行创作的艺术家需要攒钱购买他们所需的颜料、黏土、青铜、木材，但语言是免费的。并不是说语言没有成本——莎士比亚要访问多少颗星球才能写出那些台词？——只不过语言的成本不是美元。而当语言在午夜传来，就像是蜜蜂亲自在你的唇边滴下蜂蜜。

当然，我们可以厌倦非物质，脱离抽象。黑暗中的孤独要求苛刻，不得多于也不可少于一个灵魂。夜晚，你的生活就像是一本主人公从未出现的书。抽象也会被误用。我们都见过人们是如何被抽象诈骗的，承诺从空空如也的柜子里拿出好玩意儿，声称破解了密码，变得道貌岸然，

---

1 原文为"The rain it raineth every day"。出自莎士比亚《第十二夜》（*Twelfth Night*）。

2 blue beat，源于西印度群岛的舞蹈音乐。

将无物据为己有，这比将月亮据为己有还要荒唐。这种对抽象的滥用会让你想要一头撞上砖墙，乞求混凝土大卡车或装满矿渣的手推车出现。

黎明时分是白天与黑夜的重叠，这时候你几乎可以看见又几乎看不见，所有动物似乎都水陆两栖模糊不清，可见的和不可见的存在有趣地合二为一，仿佛日式折纸也会感到痛苦似的。篱笆桩和农夫都可能浑身泥泞，但只有后者会快快不乐；指南针和送比萨的司机都可能迷失方向，但只有后者会垂头丧气。会气馁沮丧的人们说明了物质不是一切——有形不是一切。有形并非虚无，只不过留一个斑马一样的莫西干发型并不能让你变得跟斑马一样酷。

黄昏则是日夜交汇的时候，也是对日照出现的时候。对日照由太空中相距五英里的尘埃粒子构成，沿着黄道带微弱地散发光芒，正对太阳。对日照总是难以捕捉，即便是在海百合时代——但海百合从来没有想方设法发明过白炽灯泡。然而我们对地球进行的现代化也同化了天空，让对日照几乎不可见。光线也会遮蔽某些事物。

过去的白天和黑夜拥有对等交互的权利，在白天证实了可见之物之后，就轮到黑夜去证实不可见之物。而在灯

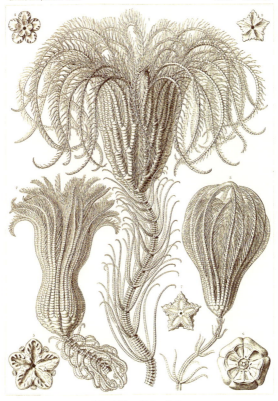

Crinoidea. — Palmensterne.

海百合，出自《自然界的艺术形态》，恩斯特·海克尔绘。美国国会图书馆珍藏

泡时代，我们可以整晚都扣紧灯罩。我们就像从磨人的黑暗中逃出的蚂蚁，或是被光深深影响的西葫芦。光线证实了此时此刻——没有什么近在眼前，水牛也是没有灵魂的。我们的视野多么清晰，头脑多么清醒，难以想象我们竟然曾经动用可移除的身体去寻找不可移除的东西。

流浪者

　　如果是鉴赏犹太音乐会或歌舞伎表演，人们通常会耐心看完整场演出。不过像"地球"这样的大制作，目前已经进行了五百万年。因为其中充满了冗余，不停重复着鱼类和冬日，我们自认为已然足够了解它。在像塔西佗[1]一样完蛋之前，我们有必要开始评判这颗星球美学上的优劣点。曾有一篇评论称其"非常不错"，但那早已过时且有感情倾向，是时候以冷静的眼光重新审视地球艺术了。

　　我们首先想要赞扬艺术家两点——天赋极高、多才多艺。这里的创作都有一种不费吹灰之力的即兴特质，仿佛珠蓍和蝾螈的出现都轻而易举。当然，这种极高的天赋也会招致品位上的质疑。这么说吧，如果我们可以凭空变出

1　Tacitus（约 56—约 120），古罗马演说家、历史学家、文学家。

任何东西，水滴鱼[1]绝不会是我们的选择。至于多才多艺方面，则是大师级的表现——巫毒百合、维丽俄鸟、叽喳柳莺、蓝喉蓝胸红嘴蜂鸟、叶螗、冲浪蜗牛、捣蛋鬼、小女孩、野蛮人。各式各样的生物让我们惊叹不已，又不免疑虑。某种程度而言，多才多艺值得钦佩——我们欣赏既会说日语又会说匈牙利语，还精通相关商业及拳击用语的人。可过于多才多艺的话——如果有人既会说椋鸟语又会说虎鲸语还知道如何与新生儿交流，那就太诡异了，他很可能是个狡猾滥交之人。

不受约束的想象力会导致混乱。一位艺术家的作品需要有共同的主线，在目的上统一，是其思想与个性的集合。如果作家笔下的角色太过自由，便极难看出她的编排。我们只是觉得这个世界最好再独裁一点点。这并不意味着我们希望所有动物都是方形的，只不过应当具有一定的一致性，将万物联系在一起，以展现此处适用的价值观与优先级。如果你可以凭空创造出豪猪和水母，那给它们加上制

---

1 当水滴鱼向我们亮出它那水滴形的脸颊时，我们深感荣幸，咯咯地笑个不停。——原注

狄奥尼索斯骑着猎豹，希腊佩拉"狄奥尼索斯之家"的马赛克地板上的画像。此图来自维基共享资源

服又有何难？蓝色外套，精致帽子，V形臂章。可事实上，这个世界似乎缺乏共性与目标，尽管这里那里有不同的迷你目标，例如蜂群里的殡葬蜜蜂的目标是拖走死去的蜜蜂。清扫工在床垫世界里的地位显而易见，但在神秘莫测的宇宙中又处于何等位置呢？当一切变得疯狂，再迫切的需求也不例外。扫地，拖地，闲聊，收尸。

我们常常觉得艺术家在玩弄我们，故意表达得模糊不清，使得我们不得不想方设法地找出他的意图。有时，云朵变成了骆驼，我们才会明白：啊哈，原来这就是他想表达的意思。但紧接着我们又想到：等等，我们还是不知道骆驼是什么意思。这里的具象艺术与抽象艺术一样令人费解。云朵变幻消散，骆驼、流浪儿、水蜥、印加塔基三重奏[1]也会如此。还有一些事情让我们感到困惑：与名人照片不同，我们总是不确定自己应当看向哪里。我们应该看

---

1 由印加公主佐伊拉·奥古斯塔·恩培拉特里兹·查瓦里·德尔·卡斯蒂略及其表亲、丈夫组成。佐伊拉公主年轻时通过对着秘鲁高山上的岩石唱歌来训练自己的惊人音域。如果你也想要培养惊人的嗓音，岩石是绝佳的第一听众，因为它们不会被惊扰到。——原注［Inka Taky Trio，秘鲁女高音歌唱家伊玛·苏玛克（Yma Sumac，1922—2008）为首的三人表演组合。原注中的名字是她的本名。］

向落雪还是落雪后的树木，又或是树枝上的山雀？更有成就的艺术家往往会突出某些个体，给予高光焦点，插入更多提示，以及最关键的是：让这类提示真正地传达某种信息。然而谁知道每年春天给青山洒上金辉是什么意思，仙鹤的嘎吱声是什么意思，一棵让我们想起祖母的树又是什么意思？这样的"他"就像莎士比亚一样古怪，以连贯的动机、清晰的轨迹构成完美的故事，再删除一切。整个世界都像是被删减过，被拆卸过，如谜题一般。谜题没有意义。并不是说，我们从未被神秘深邃幽暗的双眼吸引过，而是我们可以预见这样的约会将是怎样无言的结局。我们的语言是我们的主权，我们绝不会向神秘这个混蛋屈服。[1]神秘跟门德尔松一样混蛋：歌曲当然是要有歌词的。[2]

然后是海洋那一锅锅的大杂烩，仿佛亮片和裙边都从礼服上脱落，惶恐不安地过上了自己的生活。在水下寻物就足以引起恐慌。我们只会找到暴力、掠夺，头都被咬掉了——深海之物多么令人憎恶。它们不会像绿松石饰品那

1　对于某些人来说，神秘只是不合时宜，是过去时代遗留下来的不必要的东西，类似餐巾桌垫。——原注

2　Felix Mendelssohn（1809—1847），德国作曲家，首创了无言歌（song without words），即旋律犹如歌曲却没有歌词的乐曲。

样花里胡哨地显摆，而任何饰品都不应有所顾虑。忧虑的饰品像是祈祷时的闲聊，在美学上是不协调的。但海马有时的确会忧虑甚至失望，比如把一窝蛋扔进海草里，或者将尾巴缠在会漂走的支架——塑料吸管——上。

标点符号的恶毒之处在于，它总是最后出现。你可能正阅读着一份措辞慎重、冷静、有节制的声明，但到了最后，一个感叹号"!"便破坏了所有的分寸。一个句子也可能看上去义正词严，但之后的问号会颠覆一切？海马不仅是轻浮的曲线，还是背上长着扇形刺的小问号。在任意一条戒律后附上一只海马，戒律都有可能开始动摇。甚至能够包容陆地上的马的信念也难以接受海马，毕竟什么样的信念能允许问号的存在？海马是确定性的克星（尽管这个克星会从你身边游走，回到柳珊瑚那里去）。

接下来需要解决艺术作品中相关角色的普遍问题：我们主要通过血统家世来确认身份。一个人的背景，而不是她的耐心或吝啬程度，决定了她是什么身份，这让我们得以将之置于同类之中，比如别克车里的别克车。但这部作品的参与者——雀鸟、燕鸥、乌鸫、幼蛙，没有具体的出身，不清楚他们到底来自何处——没有一丝空白的气息，也没有一点虚无的痕迹。他们从无到有，恣意地尖叫着、攀爬着、扭动着，无数实体从虚无中出现。实体无视了身份。这里的实体并不是物质的意思：物质不会凭空出现，而是从物质中诞生，并且易于确认身份，以及反复使用——就像杏仁蛋白软糖做的驼鹿被改造为杏仁蛋白软糖做的老鼠。实体是物质之外能够看见或听到的东西，是令我们吃惊的东西。（没有什么颜色能像清澈一样惊人。）实体不断地接近我们，实体的苦难，实体的哞哞声：我们并不关心谷仓，但可以听到哞哞的叫声。我们也不关心修道院，但可以听到一阵大笑。

实体以如此丰富的形式存在，足以吸引目光，但麻烦的是，过剩的存在令人无法承受。我们不知道这是艺术家的刚愎自用，还是"他"仅仅因为满足于这只青蛙那株蔓长春花，而忽视了宏观上的设计。如果我们就地创立一种体裁，不管它是喜剧、悲剧还是罗曼史，根据这一体裁的要求，我们只能保留对作品整体有贡献的元素。犰狳就从来不合适。这种感情用事的产物显然应当在一开始就舍弃，对于任何体裁来说都是多余的。无论是奶油硬糖味还是香蕉味的布丁，都不应该过度食用。在这里，我们有不必要的漂亮，不必要的古怪，不必要的不悦：黄条蟾蜍没有必要闻起来像燃烧的橡胶。我们还有过于暴躁的獾、过于懒散的树袋熊、过于空洞的鸟蛤、过于倔强的野马、过于拉伯雷[1]风格的猩猩、过于模棱两可的洞螈、过于多的甲虫（数数就像白兰地一样安抚人心）、过于激动的博美犬、过于沉默的企鹅[2]、过于华丽的翠鸟——这种尾巴夸张的鸟不得不倒退着离开自己的巢，像穿着裙撑的女士从马车里下来时那样。

　　总体而言，鸟类享有过多的特权。特权并不鼓舞人心，反而离间彼此——想想电话通讯和心灵感应的区别吧。如果有人熟练地使用电话，是可以鼓舞他人的；但如果她熟练地运用心灵感应，只会显得格格不入。又或者看着一个人被弹射到亚祖河[3]上空是令人振奋的，但如果他再也不回来了，那就是彻底疏远了我们。我们这些受引力影响的人自然会憎恨那些能升入太空的人。这也是我们与鸟类的

1　指法国讽刺作家弗朗索瓦·拉伯雷，拉伯雷风格是指粗俗幽默的文风。
2　企鹅可能不是沉默，而是睡着了。——原注
3　Yazoo River，美国密西西比河支流，附近有 SpaceX 的星际飞船发射平台。

矛盾所在。当然，我们和几维鸟之间没有矛盾，几维鸟既不能激励我们，也不会疏远我们，只是矮胖笨拙的棕色鸟类。被弹射出去的几维鸟——这是我们可以接受的轨迹——不会过于笨拙，也不会过于独特。

在创立体裁之后，我们会让世界符合其具体要求，消除所有升空物，还要制定一些原则。因为世界似乎相当没有原则，有愚行也有坟墓，有可爱的兔子也有被车轧死的兔子，有教官也有游手好闲之人。自由放任之下——河流、貂熊、柑橘及每个力求与众不同的人——我们怎样都无从理解创世者的世界观。教化躲避着我们，"他"似乎对任何人都没有道德培养上的计划。这让我们深感不安，理由如下：首先，因为我们喜欢具有深刻信息、深邃思想的事物，即便它们无法佐证我们的信念（那么我们便可以将之一笔勾销）；其次，因为我们真的不喜欢自己站在鳄鱼或丝瓜旁边的样子。我们不想循规蹈矩，也不想鼓吹宣传，但如果身旁是一片树叶，有哪一本书里的哪一页看上去不像是宣传呢？[1]

---

1 即树叶（tree leaf）和书页（book leaf）的对比，是"leaf"一词多义的文字游戏。

我们承认自己作为评判者，并非绝对客观。我们不仅是观众，也是表演者。而一旦涉及表演，作品的展现便不完全取决于创作者了。我们可以为二十三只绵羊与一头驴撰写一出精彩的清唱剧，并在奥斯陆和马德里[1]预定好最高级的演出场地，但表演的质量只能寄希望于唱诗班本身：他们如何处理分歧、紧张、怯场，胁腹发痒、耳朵抽搐等问题，他们如何灵活地带着热情或悲伤的情绪进入歌曲，夜复一夜。有时，在名叫《地球》的演出里，我们看见表演者并未自如地呈现自己负责的部分。但这场演出没有彩排时间，有的人甚至觉得自己被分配到了不合适的角色，还有的角色似乎无法表演出来。而谱写出能够进行演出、结局令人满意的作品始终是作者的责任。

这就引出了最后一个需要商讨的问题——"他"的缺席。我们认为"他"已经不在了，因为我们从未见过"他"在空中亮相。如果作曲家在作品完成前去世或潜逃了，其他人可以代替完善粗略的小节，并记录最后一段不完整的

---

1 分别为挪威和西班牙的首都。

乐章。这被称作兑谱。弗朗兹·克萨韦尔·苏斯迈尔[1]就曾在莫扎特丧失实体后兑谱了《安魂曲》。这也是我们要为"他"做的，"他"似乎已经离开，留下一切没完没了地生长——葡萄藤产出葡萄酒，鸭子产出鸭子，月亮晒着太阳，太阳像月亮般游荡。我们这一物种被指控过于追求结论，但耐着性子看完永不落幕的演出，只是想象一下，都觉得耗时费力。这场演出没有必要永不落幕：一直以来，我们都被世界躁动不安、漫无目的的本性剥夺了评判的乐趣。每当事物变化，我们的判断力便被夺走，扔进水里——哗啦——难以与小男孩玩水的声音区分开来。作为交换，我们得到的是困惑、悲伤。行星的英文"planet"源自希腊语中的"planan"一词，意思是"流浪"，你是没有办法评判一个流浪者的。

我们会兑谱整个世界，做完收尾工作。这是一种艺术上的压力，未完成的作品就像是背上的猴子。冗长复杂的部分越来越显得无关紧要，就像喝醉的驴子一样迷失了方

---

1 Franz Xaver Süssmayr（1766—1803），奥地利作曲家，莫扎特的学生。

向，是一种蓄意的浪费。"他"的创作超出了界限，这是年轻的艺术家常会犯的错误：天空太多星星，池塘太多天鹅，常青树太青了，灵魂也太过戏剧化。到处都是依靠过剩植物、过剩氧气、过剩阳光活着的傻瓜、乞丐、混混。耻辱至极，这些被糟蹋的阳光、雨水，以及随之而来的不必要的彩虹。我们希望"他"在下一阶段的创作中可以省去多余的部分，收敛那些华丽、浮夸、粗俗、幻想、花哨、陈腐、疯癫的声音，仔细想清楚自己到底要说些什么。那些该死的彩虹晃来晃去、无法无天，对任何人都没有用，与任何事情都无关，好像眼花缭乱就是一切似的。

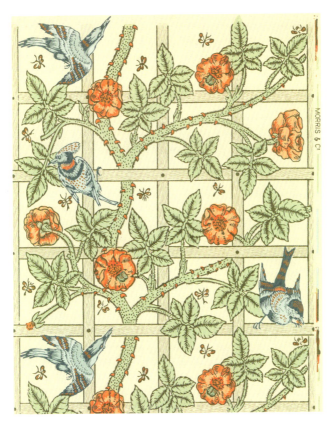

花、鸟与藤架，威廉·莫里斯绘。大都会艺术博物馆珍藏

蓝莓的善意

蓝莓有益心脏健康。

蓝莓有益大脑功能。

蓝莓有益控制血压。

蓝莓有益脂肪燃烧。

——互联网

蓝莓非常有益于身体健康。无论你是谁——急性子的冯达、记性差的汉克还是哈迪克努特国王[1]——蓝莓都会有益于你的心脏健康、脂肪燃烧、大脑功能，其中的花色

---

[1] 哈迪克努特国王和哈罗德国王是联合国王，但可能彼此并不和睦。哈罗德死后，哈迪克努特挖出他的尸体，扔进了沼泽。——原注[King Hardecanute（约1019—1042），丹麦国王、英格兰国王，据说是饮酒时猝死的。哈罗德国王应指哈罗德一世（Harold I，1015—1040），英格兰自1035年至1040年间的国王。]

素苷还有助于长寿：助你越来越老。蓝莓适用于乏味的大脑，也适用于闪耀的大脑，比如竖琴师的大脑，他的听众心醉神迷；或者喋喋不休地说着同一话题的人的大脑，他的听众恨不得自己能从山上滚下来。蓝莓同样有益于从山上滚下来的人、平衡能力强的人、在生活中耕耘的人。

蓝莓有益于你所有的事业：罢工、划船、叫卖、腌菜、喂鸭子、洗勺子，有助于你转换至另一性别或派别，加入另一个垃圾摇滚[1]乐队，或退出所有垃圾摇滚乐队——有助于你因为被人遗忘而沾沾自喜。你不需要出名便可以被人遗忘。你也不需要出名就可以得益：蓝莓有益于《谁是谁》书中的人物，也有益于《谁是过客》里的人物，还有益于《谁两岁了》里的人物——莱拉、奥托、格雷厄姆、

---

1 grunge，独立摇滚乐的一个流派。

昆利和朱尼珀。[1]

　　蓝莓的善意是普世的。不管是男孩、熊还是鸟，他们都会帮助你心中的她或他，成百上千颗心中的成百上千位爱人。他们支持绿眼睛的女孩、棕眼睛的奶牛，以及刺猬这个乱七八糟的群体——刺猬应该和其他物种一样都是参差不齐的。蓝莓的介质是可转换的：有蓝莓做的女商人，也有蓝莓做的福音传道者、发牢骚的人、话痨、赌徒。对于蓝莓来说，没有大脑是虚假的，无论它的孩子多么温和感性，无论它有没有孩子。

　　孩子一开始都是婴儿，而婴儿是很难理解的，但他们

---

1 《谁是谁》（*Who's Who*），自1849年起每年出版一期的系列图书，介绍当下的重要知名人物。后两本书则为作者虚构。

也会给予一定的提示，比如当你抱着婴儿，会情不自禁地唱起布斯佩希瓦利拉加[1]。大脑的孩子一开始也是婴儿，有些大脑婴儿似乎十分荒唐。不过鉴于除了星辰之外，任何事物都会在客观或主观上显得荒唐，这并不会造成什么问题。星辰不会是大脑的孩子。许多大脑的孩子都命运多舛，被遗忘或压抑，或者像苦力一样被出借给其他大脑，不然就会变成两千行八音节对偶句。

有的大脑乐于领导其他大脑，有的大脑则乐于被领导。有时候法老大脑会处决其他大脑的所有后代，大部分大脑都不介意接受这种人员变动，按照秩序替换掉不法之徒。但或许某个大脑会为自己的孩子编织一艘小船，并将之托付给河流，漂流到一位善良的公主手中，被她抚养长大的

1　当你聆听拉加曲的时候，它们会把你的大脑染成大黄蜂黄、博伊森莓紫、桑格里亚酒红或长尾鹦鹉绿。当你不在听拉加曲的时候，你的大脑就是大脑的灰色。——原注［拉加（Raga）是印度古典音乐中的旋律类型，布斯佩希瓦利拉加又是其中的一种。］

婴儿最终带领奴隶摆脱了囚禁。对婴儿有善意的公主可能会导致大规模的解放。

　　介于善意与恶意之间的是无害，比如墨守成规、谨小慎微，无害的食物、书籍、习惯，都会像鸡一样容易繁殖，也容易分散。无害是没有神灵只有鸡的圣地。

　　无害是装满虚无的大号啤酒杯。把这只沉重的杯子举到嘴边，大口喝酒，不断暴饮。无害的主要问题是习惯的形成。因为虚无是不见底的，所以你可能从白天开始大喝，一直喝到深夜，一辈子也没有喝完。

紫杉树不是无害的，尽管它们长得很像圣诞树，是毛茸茸的三角形。但紫杉树不像圣诞树那样拥有节假日，有时候还要被牛、猪、马的死气沉沉的尸体包围。它的浆果是致死的。紫杉中毒的症状包括颤抖、流口水，以及心电图上 P 波[1]的消失。心脏的律动由各种字母波纹显示。虎皮鹦鹉会变得抑郁，人类可能失去色觉。紫杉从鸟类那里夺走蓝色，从猪那里夺走你，让这些通通变得无关紧要。它也会从你那里夺走你——紫杉浆果的恶意也是普世的。虽然你像月亮一样卓越，但也像猪一样可能中毒。

　　也许你只是像猪一样卓越。猪并不卓越，但他们不可思议。猪的不可思议特别不明显。当小猪第一次出现的时

1　即心房除极波，消失代表可能出现了心房颤动的情况。

候，每个人都在想，太不可思议了！但这个想法很快便消失了。偶尔在小猪像精灵一样四处乱窜的时候，我们会想起他们是多么不可思议，或者是当他们站在可以思议的事物旁边的时候，比如死去的小猪、小猪残骸的时候，又或者世界毁灭的时候。

有毒浆果的作用是加速可能性。失去 P 波也会影响你的 QR 波群、STU 波群。心脏的字母一点也不单调枯燥，而是电力十足。一旦心脏不再显示 P‑Q‑R‑S‑T‑U、P‑Q‑R‑S‑T‑U、P‑Q‑R‑S‑T‑U，大脑也不会再出现我‑想‑吃‑意‑大‑利‑扁‑面‑条，也不能再与自己的孩子在一起，大脑、心脏、血细胞、神经中枢、小多角骨[1]都回到废器[2]之中。废器由急性子、竖琴师、摇头乐痴、

---

1 trapezoid，腕部近食指根底处的骨头。
2 一个已被废弃的词，指被废弃的东西，比如死去的驴子和死去的挤奶女工。实际上，被废弃意味着你曾经流行过，所以有些驴子和挤奶女工永远不会被废弃。——原注（原文单词为 sossle。）

转呼啦圈的人、到麦加朝圣过的伊斯兰教徒、爱斯基摩狗、街边小贩、仓鼠和刺猬等同类组成。

然而蓝莓是异质性的代理人，特征的代理人，不可思议的代理人，电力的代理人。因为蓝莓可以为你的心脏供电，输出各种字母，让你需要意大利扁面条，让你独立，让你远离废器，而这又是如此容易遗忘的现象，就像树木总是在长出叶子这件事一样。我们常常忘了树上长满了叶子，生活充满了电力，而没有什么比小猪小鸡小人似的你更不可思议又容易被遗忘。不过，这就是世界毁灭前的生活——阳光明媚的白日，月光朦胧的夜晚，守护着每一个人。

蓝莓与坎伯韦尔美人蝶，出自《安娜·布莱克本的自然史陈列柜》（*The Natural History Cabinet of Anna Blackburne*），詹姆斯·博尔顿（James Bolton）绘。耶鲁大学美术馆珍藏

页边的野兽

中世纪手抄本里的插图总是与其装饰的文字完美适配，夺人眼球。《以西结书》[1] 手抄本的第一页，是圣以西结手持镀金的字母"E"。而一段有关大卫斩下歌利亚首级的描述的旁边，是大卫砍下戴着头盔的歌利亚头颅的相应画面。[2] 还有在乌苏拉与一万一千名贞女的沉船事件的文字描述的一旁，是载着她们的船以 45 度角沉入水中的画面。[3] 另有一份手抄本中，一名男子先是露出了他的肝脏，再是肠子，然后是心脏，他作耸肩状，似乎无法将自己的器官保留在体内。有的身体部分可以自行选择公开与否，但有的必须保持私密。即便是在今天这个如此开放的时代，

1　出自《圣经·旧约》，即下文的先知以西结所作。
2　出自《圣经·撒母耳记》。
3　即英格兰公主乌苏拉的殉教传说，也是维京群岛的名称由来。

心脏仍然是非常隐私的器官。

因为这个家伙出现在一篇讲述如何将器官放回身体的外科论文中，所以也与文字适配。所有早期手抄本的彩图都出现得恰到好处，仿佛修道院缮写室外有块标牌这么写道："仅限相关人员入内。黄鼠狼、美人鱼、吵个不停的人鸭杂交种均不得进入。如果您不属于正文内容，请自行离开。"

不过到了十四世纪，插图开始变得草率起来。《卢特雷尔诗篇》[1] 的第七篇内容如下："愿众民的会环绕你！"蜗牛。"耶和华向众民施行审判。"刺猬、黄鼠狼。其他页面上还有蜻蜓盘旋在字里行间，一头猿抱着她的孩子爬在页边空白上，一只独角兽戳弄着玫瑰。一个男人对着蜻蜓伸出舌头，另一个人演奏着半是风笛半是人类的乐器。一只猴子责骂着猫头鹰，另一只猴子看向页面之外。这里，蓝色的傻瓜[2]骑在棍子上，蛇臀的女人用纺锤殴打一个男人；

---

1 "Luttrell Psalter"，即受英国林肯郡庄园主乔弗里·卢特雷尔爵士（Sir Geoffrey Luttrell）委托抄写于十四世纪的《圣经·诗篇》手抄本。

2 蓝色对于傻瓜而言是不同寻常的颜色。傻瓜一般像猪一样是粉红色的，或者是驼鹿的棕色。驼鹿基本上不可能是蓝色的。蓝色的月亮极为罕见，但也不如蓝色的驼鹿罕见。——原注（蓝色的月亮指英文中的谚语"once in a blue moon"，blue moon 指一个月中第二次满月，大概每 32 个月出现一次，用于形容千载难逢的时刻。）

首字母 D：悲伤的人（文字的页边空白环绕着花、鸟与野兽），出自中世纪手抄本。保罗·盖蒂博物馆珍藏

那里，蓝色蓬发男子的双脚是橙色的怪物头。最后是一只毛发杂乱的红爪野兽朝着一位女士咆哮，后者侧目而视，好像在说："怎么，我不能站在这里吗？"一条美人鱼漂过。

是谁让黄鼠狼进入《诗篇》的？是谁允许这些怪物出现在诗集里的？是谁忘了关紧缮写室的门？这简直像是一帮捣蛋鬼趁着深夜修道士就寝后，从窗户爬进缮写室里，在神圣的书页上乱踩一通。即便书中也不乏乱来的时刻，比如鸭子不"呱呱"叫而是"哗哗"叫，或者一位女士的"谢意"变成了"榭意"，但这些彩图还是太过离题了。

问题是，《诗篇》能够承受如此怪异的旁注吗？如果你写完歌词后，有一只蜗牛从纸张上爬过，那么大部分歌曲都会因此失色。襁褓中的婴儿也会抢尽风头，互相撞到头的两个笨蛋、吞食自己脖子的怪兽更是如此。哪首诗不会被坐在页边发呆的猴子打乱呢？能与志不在此的猴子、划艇或活力十足的蜗牛共享同一页面的歌曲必须是特别的：一首没有什么不可协调的歌曲。教育歌曲、广告歌曲都无法胜任：为了表达清晰、令人信服，它们不得不摒弃所有古怪的东西。蜗牛会被就地开除。

事实上，能够认可蜗牛的歌曲只有四种：一，与蜗牛

只是为了好玩：一只兔子、一只猴子和一只蜗牛的比武，来自尼德兰，约 1470—1472 年

有关的歌曲；[1] 二，胡说八道的歌曲——这样一来便无所谓协调与否；三，理解宇宙中所有闪光的事情——包括腹足类软体动物、胶子、闪视行星状星云、内心的秘密——的歌曲。最后，也是最具可行性的是问题之歌，因为问题可以包容一切，就像窗户一样。"谁能存活自己性命？""谁能知道自己的错失呢？""人算什么，你竟顾念他？""耶和华阿，要到几时呢？"[2]

过去的问题仿佛过期的葡萄那般醉人。[3] 当然，意图有所成就的我们不能整日望着窗外思考问题。主动性会拉上窗帘，打扫房间，整理冬装。主动性相当擅长准备连指手套，尽管它不确定如何处理无法控制的事物，比如美人鱼、喜马拉雅山的雪人、即将发生的事情，以及你喜欢的或不喜欢的人，还有你的梦境。梦都是有悖常理、随心所

---

1 由于与蜗牛有关的歌曲并不多，如果想要歌颂蜗牛，你只能自己原创歌词或将歌曲中的"圣徒"全部替换为"蜗牛"，比如"我唱着上帝的蜗牛之歌……"之类的。——原注［最后一句歌词出自圣歌《我唱上帝圣徒之歌》（"I Sing a Song of the Saints of God"）］

2 均出自《圣经·诗篇》。下文引语如无特别说明皆同。

3 如果过去的问题像是过期的葡萄，那么过去的答案就像过期的坚果。如果你有需要，可以食用变质的坚果保持清醒。——原注

欲的，总是无视你的原则。你白天研究政治，晚上却会梦见自己独自走在雪松林中。你可能以为终于认知了自我，却梦见自己变成三个骑着自行车的人。我曾梦见一个人把手伸进自己的胸膛，掏出心脏递给我。

然而生活真的比梦境更易控制吗？乔叟写道："每天都在发生着人们预料之外的事情。"比如家里的勺子全都不见了，或者你刚想到什么有趣的点子就有人朝你头上扔了一块泥。某一天，刚学会走路的孩子告诉我院子里有一只袋鼠，我走过去一看，并没有袋鼠。另一天，他又说院子里有一只鹦鹉，我从窗子看出去，真的有一只鹦鹉，又大又红又蓝，栖息在我们位于蒙大拿州的后院的晾衣绳上。有的动物是虚构的，有的动物不是。我认识的一个人在山路上开车时，一头从树上跌落的熊砸了她的宝马车上。

还有一次，由于下了一整天的雨，房门都肿胀起来，所以当我给孩子们洗澡的时候，浴室门卡住了，我试着用劲拉开，却越卡越紧，我们三个就这么被困在浴室里面。我透过窗户大声呼救，但因为还在下雨，所有邻居都在屋里，除了棕色的小鸟们。棕色小鸟邻居常常这样匆匆飞过。

"耶和华阿，谁能寄居你的帐幕？谁能住在你的圣山？"

上天也只能回答有关圣山的问题，但谁能在地球上的山间栖身是显而易见的：棕色的小鸟、罕见的鹦鹉、爱开玩笑的人、烟民、贵族、乡巴佬、所有野兽、长得像葫芦瓢的人、觉得自己像蠕虫的人、对普世主义[1]不感兴趣的人。这个世界看上去与《卢特雷尔诗篇》里的插图一样滑稽可笑，或许那些稀奇古怪的彩图实际上是自然主义的体现。毕竟当人们低声念诵这些诗篇时，确实可能会遇见蜗牛。或者说，在人们思索着"自身与自我救赎"的时候，那里就会出现一只黄鼠狼。

谁能在地球上居住这个问题类似于谁能在十四世纪的诗集里出现：各种各样未经许可的人员。在中世纪，如果你得了恶性疾病，必须敲打响板，以免他人靠近，你还需要与骑士比赛帐幕保持距离。而"神在其间为太阳安设帐幕"，太阳和月亮都足以在其中漫步的帐幕自然也能容纳携带最多细菌的人。携带最多细菌、最坐立难安、最爱大吵

---

1 普世主义是一种宗教意识形态，它认为所有人都将被拯救，无论他们是否属于任何教派。我对普世主义的意见在于它太过排外了，因此我创立了一种意识形态，不仅囊括了所有恶人，还包含了恶水牛、恶爬行动物、恶匙吻鲟、恶火鸡、恶蜈蚣、恶毛鼻袋熊和恶疣猪，我称之为万物主义。——原注

大闹、最不协调的人。"那坐在天上的必发笑"，看着——
我们在《诗篇》集的页边斜睨那些怪兽，嘲笑其间的蜻蜓，
光着脚爬上李子树，努力地为竖琴调音，用纺锤犯下罪行，
变成半鸭半风笛。我们是多么可笑，多么粗俗、渺小、莽
撞、闪耀，我们如何无法预知即将发生的事情，如何无力
存活自己性命，有的人又是如何狂热地爱着我们。[1]

1　宙斯是一位资深天神，他曾为希腊人造梦，他吞下他的妻子，把
山体扔向怪物，但他再也不会这么做了，因为他溜走了。（宙斯也
从本书中溜走了，因为我删除了有他出场的那篇文章。）——原注

圣米迦勒与巨龙搏斗，1469 年。保罗·盖蒂博物馆珍藏

致　谢

分别感谢拉格代尔基金会和玛丽·马加里特·阿尔瓦拉多各五天的招待，让我得以在享用美食之余写作。谢谢尤拉·比斯、肖恩·霍普金森、史蒂夫·马蒂、凯莉·雷利、莎朗·里奇、劳伦·邦加德·施瓦茨在尚未完稿时就阅读了此书。

感谢格洛弗·瓦格纳的生活之道，阿岚娜·布朗的鼓励，以及英格丽·斯图尔特、乔迪·赫克特曼、凯莉·弗莱和埃里克·比冯始终如一的情谊。

感谢金·奥精心地指导我的作品，简娜·琼森友善地提供帮助，还有李翊云十八年来的支持。

感谢我的父母本杰·里奇、莎朗·里奇为我尽为不可能之事，助我渡过万难。谢谢我的公公婆婆里克·卢肯斯和罗娜·卢肯斯，他们经常驱车赶来蒙大拿州帮我照看孩子，这可不是所有赞助人都能做到的。

感谢彼得和西尔维，孩子们是我源源不断的动力。感谢马修包容一切，相信一切，盼望一切。